ダッシュエックス文庫

魔弾の王と聖泉の双紋剣(カルンウェナン)5

瀬尾つかさ

ルヴーシュ
オステローデ
レグニーツァ
●王都シレジア
ブレスト
ライトメリッツ
ジスタート
アルサス
オルミュッツ
ポリーシャ
城砦
ムオジネル
エレシュキルト
アニエス
王都パルティア●
黄金の海

アスヴァール島
王都コルチェスター
オード
ルテティア
王都アスカニア
ブリューヌ
アスヴァール
ナヴァール城砦
王都ニース
ネメタクム
ザクスタン

Character

Lord Marksman and Carnwenhan

ティグルヴルムド＝ヴォルン

ブリューヌ王国のアルサスを治めるヴォルン家の嫡男。16歳。家宝の黒弓を手に、リムと共に蘇った円卓の騎士と戦う。

リムアリーシャ

ジスタートのライトメリッツ公国の公主代理。19歳。ティグルと共にアスヴァール島に漂流し、湖の精霊から不思議な力を持つ双剣を授かる。

ギネヴィア＝コルチカム＝オフィーリア＝ベディヴィア＝アスヴァール

アスヴァール王国の王女。19歳。アスヴァール王族唯一の生き残りとして、蘇った始祖アルトリウスとの決戦に臨む。

リネット＝ブリダイン

アスヴァール島の北を支配するブリダイン公爵の娘。16歳。ギネヴィアの親友として、彼女を守るためにギネヴィア派をまとめる知恵者。

プロローグ

平原の西の彼方に赤い太陽が落ちかけていた。

ボストンの町におけるティグルたちと化け物たちとの生存を賭けた戦いは、ヒトの勝利に終わった。

ティグルたちは大きな犠牲を払って、おそるべき魔物ストリゴイを仕留めることに成功したのである。

町の内外で蠢(うごめ)いていた邪悪な黒い泥のかたまり、すなわち無数の影法師は、その主たる魔物を失ったあと、すべての個体が動きを止めて土に還っていった。

鳥の鳴き声と潮風が建物の隙間を吹き抜ける音に混じって、遠くから男たちの歓声が聞こえてくる。

ティグルは貴族の屋敷の屋上から、周囲を見渡す。

夕日を浴びて、生き残った騎士たちが町の港湾部に集まってきていた。激闘の果て、無傷の者はほとんどいなかった。馬を失った者も多い。

それでも全員が、影法師と戦うために用意された武器である竜棘の長槍(スロースパイン)を握ったままだった。

当然だろう。得物を失った者から死んでいったのだ。ギネヴィアが花の乙女の杖(ヴロダヴィイズ)で切り出した竜の鱗の欠片こそが勝利の鍵であった。

ティグルは彼らを囮として、ストリゴイの喉元に潜り込み、決戦に持ち込んだ。円卓の騎士ボールスが盾になってくれた。彼の献身と自己犠牲によって、ティグルは最後の最後で決定的な機会を得た。ボールスと共にそれを逃さず、ふたりは魔物にトドメを刺すことができたのである。

彼らは口々に偉大なるアスヴァールの始祖や円卓の騎士たちを讃えていた。ギネヴィアを讃える者もいた。

なかには英雄ティグルヴルムド＝ヴォルンをそれらと同列に口にする者までいた。

屋敷の庭に落ちていたボールスの槍の柄を回収し、ティグルは騎士たちのもとへ向かう。

ボストンの町に夜の帳が下りる。

暗くなった夜道では、大柄の騎士がティグルを待っていた。

「ガラハッド卿」

寡黙なその男はティグルの声にうなずいた。彼の手にあるボールスの槍の柄を見てすべてを悟ったのだろう、並んで歩き出す。

「ガラハッド卿、ボールス卿は……」

「ボールスは」

ガラハッドが、熟考するようにゆっくりと言葉を紡ぐ。

「あなたの戦いの、役に立ったのか」

「彼はストリゴイを仕留めた。彼の献身によって、俺は死なずに済んだ」

「ならば、よいのだ」

ガラハッドは、満足そうにうなずいた。

「彼は心残りを果たした」

「それは、どんな」

聞かずにはいられなかった。

ボールス卿。陽気で頼りになる生粋の狩猟者。彼が二度目の生を得てまで果たしたかったことは、なんだったのだろう。

「ボールス卿の心残りとは、ストリゴイに殺され操り人形とされたランスロット卿の仇を取ることか？　それともアルトリウスの役に立つということだろうか」

「無論、それらもある」

ガラハッドは一度言葉を切って、立ち止まる。星が瞬きはじめた夜空をみあげた。

「ボールスは、常々言っていた。友のために戦って死にたかったと」

「友？」

思わず、呟いた。

「ティグルヴルムド卿、あなただ」

「友、か」

ティグルはガラハッドの横に立ち、夜空を仰ぐ。

次第にみえる星が増えてくる。

ボールスは死と共に赤い光の粒となり、その明滅する粒は宙に舞い上がって消えた。あの赤い粒は、今もこの夜空のどこかを漂っているのだろうか。

「本来は敵である俺が？」

「俺は嘘をつかぬ。遠き昔、善き者ら、人々が妖精と呼ばれる存在にそう誓ったからだ。その誓約によって、俺は力を得た」

ガラハッドは夜空の星々を眺めながら語る。

「人々は弱く、大地の試練は厳しい。年によっては農村ですら日々の食に事欠くありさまであった。あげくに窮（きゅう）した彼らを化け物たちが頻繁に襲った。竜もいた。戯（たわむ）れに人を誑（たぶら）かす妖精も多かった」

そういえば、三百年前のアスヴァール島は今よりずっと貧しかったと聞いたことがある。竜はともかく、化け物や妖精に関する伝承が真実だったとは、この地に住む人々とて夢にも思っていなかっただろう。

「俺がこの力を得たのは、弱き人々を守るためだった。ヒトが化け物に、竜に、妖精や精霊に敵わぬなら、俺が彼らのかわりに立ち向かうのだと覚悟を決めた。誓約を破れば、俺は相応の罰を受けることになろう。故に、俺は嘘をつかぬ」

　おとぎ話のような出来事であった。

　いや、彼はこのアスヴァール島で信仰される存在、円卓の騎士のひとりだ。まさしくおとぎ話が、今ティグルの目の前に存在している。

「妖精の誓約、か」

　ティグルはようやく気づく。彼の普段の寡黙さは、立てた誓約を守るためであったのだろう。それにも関わらず、今の彼は饒舌だった。ティグルに対して、彼にできる限りの誠意をもって接してくれているということなのかもしれない。

「わかった、ガラハッド卿。あなたは嘘を言わない。信じるよ」

　ガラハッドは右手を差し出す。太い指だった。

　ティグルはその手を握る。

　ガラハッドは強い力で握り返してきた。

「ありがとう、友よ。ティグルヴルムド卿」

「こちらこそ、友よ。ガラハッド卿」

　ガラハッドは、にやりとした。

「その弓の持ち手を友と呼ぶのは二度目だ」

彼は以前、三百年前に黒弓の持ち手と友人だったと言っていた。

円卓の騎士の伝承にも記された一節は、黒弓の持ち手とガラハッドとは一時期、共に行動していたのであると語っている。

ペナイン山脈の山中で出会った際、ガラハッドはその人物のことを「大陸から来て、気ままに旅をしているとは話していた。

いずれ力に飲み込まれてしまうとしても、今はこの自由を謳歌したいと願っていた」と語っている。

黒弓の本当の力について、彼はどこまで知っているのだろう。

ティグルにそれを教授してくれるだろうか。

駄目でもともとだ、とティグルは腹をくくった。

「俺は、この黒弓の本当の力についてなにも知らない。知っていることがあれば教えてくれないか」

意外にも、ガラハッドの返事は「いいだろう」だった。

「とはいえ、俺も詳しいことは知らん。古き我が友は、それを大陸の……たしかヴォルジュとかヴォージュとかいう土地のどこかで拾ったと言っていた」

「それがヴォージュ山脈のことであれば、俺の故郷、アルサスの近くだ。その男は、はるか遠くブリューヌとジスタートの境界となるあたりからアスヴァール島に来たのか」

　ガラハッドは「ブリューヌ」と口のなかでその単語を転がした。

「アスヴァール島がひとつの国となる少し前に生まれた国が、その名を冠していたな。ああ、ヴォージュがその地にあるというのなら、そうなのだろう」

　ブリューヌの建国はジスタート、アスヴァール両国より少し前だったはずだ。ふとしたところから建国の伝説の真偽が判明してしまった。

　ティグルは手を離し、ふと思い出して葡萄酒の入った革袋を取り出す。口をおおきく開けて、ぐいと中身をあおった。

　少し甘い、芳醇な葡萄の味が、酒精と共に口のなかに広がる。

「うまいな」

　ガラハッドに対して革袋を差し出した。

「ボールス卿から貰ったものだ。一杯やってくれ」

「頂こう」

　ガラハッドは差し出された葡萄酒を飲んだあと、「たしかに、うまい」と満足そうにうなずく。

「思いだした。あいつの見つけてくる酒は、いつもうまいのだ」

　円卓の騎士は、葡萄酒の袋をティグルに返すと背を向けた。

　もう行くのか、と問いかけてティグルは言葉を呑み込む。

まだ話したいことはたくさんあった。

聞きたいこともある。特に黒弓の以前の持ち手についてだ。「いずれ力に飲み込まれてしまう」とは、どういう意味なのか。

だが、ガラハッドは、もはやこの騎士の背中は言葉を拒否していた。

ガラハッドは、ゆっくりと歩き出す。町の中心から南へ抜けるつもりだろう。しばらく歩けば街道につく。コルチェスターに繋がる道だ。

†

ティグルは騎士たちに合流する。その先頭にいたのは金髪碧眼の、相棒にして最愛の女だ。

リムアリーシャである。

リムはティグルの顔をみると、口もとを緩めてみせた。

「ご無事でしたか」

「ストリゴイを討伐した」

ティグルが黒弓を振り上げる。

「皆、勝ち鬨をあげろ！」

騎士たちが怒号のような声を立てた。この声は、町を離れつつあるガラハッドの耳にも届くだろう。餞別だ。

「ティグルヴルムド卿、ストリゴイとの戦いについて、詳しい話を聞かせていただけますか」

「もちろんだ」

リムに、そして騎士たちに、ティグルは語る。ボールスと共に戦った、魔物との最後の戦いを。彼の献身を。彼の想いを。

この死闘は、いずれ吟遊詩人に謳われることになるだろう。円卓の騎士ボールス。あの英雄の二度目の生きざまを残しておきたかった。

一行は廃墟のボストンで一泊したあと、翌日、瓦礫の塊となった無人の町を後にした。

魔物はもういない。影法師は消えた。

街道は安全だ。

ガラハッドはコルチェスターについただろうか。アルトリウスは、果たしてこのあと、どのような道を歩むのだろう。

そしてティグルたちは、ギネヴィア軍は、どうなるのか。

戦いか、和平か。

このときティグルには、まだ明日のことすらわからなかった。

無論、このときコルチェスターで、そしてギネヴィア軍の陣地でなにが起きていたのかも、まったく知らなかったのである。

第1話　ギネヴィアの慟哭(どうこく)

朝が来る。

ギネヴィア軍の第一軍野営地は静かだった。未熟な兵士たちは右往左往し、数少ない熟練の騎士たちもどこか不安な表情を隠せていない。皆が困惑していた。

理由はたったひとつだ。彼らの主たるギネヴィア＝コルチカム＝オフィーリア＝べディヴィア＝アスヴァールが己の天幕に閉じこもり、誰も入るなと厳命してからなんの音沙汰もないのである。もう一日近く、ずっと。

ギネヴィア軍の立ち上げから行動を共にしていた騎士も、殿下にはしばらく時間が必要だと首を振るばかりであった。リネット＝ブリダインはそれほどの人物であったのだと。

前日の夕方、大鎌の戦姫ヴァレンティナが帰還した。彼女はたったひとりで野営地の近くに姿を現したのである。艶やかな長い黒髪が激しく乱れていた。薔薇で飾られた純白のドレスの胸もとが、おおきく切り裂かれていた。

そう、彼女とリネットはふたりでこの野営地を出た。にもかかわらず、帰還したのは負傷したヴァレンティナひとりだけであったのだ。

「リネットは。リネットは、どうしたのです。ヴァレンティナ殿。あなたはなぜ、ひとりで帰ってきたのですか」

血の気が引いたギネヴィアの問いに、ヴァレンティナ＝グリンカ＝エステスは血が出るほど唇をきつく噛んだあと、語り始める。

「私とリネット殿はコルチェスターの王宮に赴き、謁見の間に通され、そこで始祖アルトリウスを名乗る者と相対しました。彼は我々と挨拶を交わしました。理性的で、話のわかる人物にみえました。魔物を退治するまでの休戦についても前向きでした。ところが、その後のことです。なにかの声を聞いたように視線を彷徨わせ、急に態度を豹変させた彼は『誓約に従い、おぬしたちはここで死ぬのだ』と告げるや否や剣を抜き、襲ってきたのです。とっさのことに、私は自分の身を守ることだけで精一杯でした」

ヴァレンティナは頭を下げた。

「申し訳ございません」

絞り出すように、彼女は告げる。

「私はリネット殿を守ることができませんでした」

「嘘……嘘っ！　嘘をつくな！」

取り乱し、ヴァレンティナに詰め寄るギネヴィアを侍女と側近が慌てて取り押さえた。そのなかにはリネットの父であるブリダイン公もいた。

「娘は覚悟してコルチェスターに赴きました。どうか、娘の意志を無下にせぬよう」

他の誰が言っても、ギネヴィアは聞き入れなかっただろう。だが娘を失った父の言葉だけは受け入れざるを得なかった。彼がリネットに誰よりも期待し、なにより深く愛していたことは誰よりもよく知っていたのである。

「これを」

金色の髪のひと房を、ヴァレンティナはギネヴィアに手渡した。リネットの髪だ。首が刎ねられたとき、彼女に向かって飛んできたこれをとっさに掴んでいたのだとヴァレンティナは語った。

「あの子の、髪」

ギネヴィアは呆然とした様子でそれを両手で握り、ヴァレンティナに対して感情のこもらない口調で礼を言ったあと、下がるようにと告げた。

「皆も、下がりなさい」

「しかし、殿下」

「ひとりにさせて。今だけは」

しぶしぶと全員が天幕から外に出た。

ほどなくして、天幕のなかから、彼女のすすり泣きが聞こえてきた。

それは続いてなにかぶつぶつと呟く声に変わった。声は日が落ちても続き、夜中になっても止まなかったという。心配して天幕を覗いた者に対しては、ギネヴィアの鋭い叱責が飛んだ。

ブリダイン公がずっといればよかったのかもしれないが、彼は影法師の攻撃に対処する軍をとりまとめるため奔走し、第二軍の野営地に向かっていた。公爵には娘の死を悲しむ暇もなかったのだ。

あるいは、仕事に没頭することでそれを忘れようとしていたのかもしれない。

ともかくブリダイン公の奔走によって、ギネヴィア派は最悪の事態を免れることができた。散発的に起こった影法師の襲撃を撥ね返し続けるうちに、夕方となり、夜になる少し前。

影法師たちが、一斉に土へと還った。

あちらこちらで歓声が上がった。ティグルたちの遠征隊が成功を収めたのだと誰もが理解したのだ。もはや人々が化け物に怯える必要はない。アスヴァール島は救われたのだと。

ティグルヴルムド＝ヴォルンの名を讃える声が響く。夜が更けても歓声は続いた。まるで宴のように、兵士たちは熱狂した。

しかし、それでも。

ギネヴィアの天幕のまわりだけは静かなままだったのである。

†

夜明けからしばし。

第一軍の近くの町に対して襲撃があった。

影法師はもはやいない。しかし敵はいた。偽アルトリウス派に与する地方領主の部隊が独断でギネヴィア軍の本陣に近い町を襲撃したのである。

野盗に等しい行為に、報告を聞いた騎士たちは激怒した。その一部が、ギネヴィアに出陣の許可を求めるべく彼女の天幕に赴く。彼らは侍女たちを押しのけて天幕のなかに入り……。

そこで自らの主の、現在の姿を目撃する。

ギネヴィアは会議用の円卓の椅子に腰を下ろしたまま、宙をみつめ、ぶつぶつと呟いていた。

その表情に覇気はなく、その瞳にはなにも映っていなかった。

「殿下……おお、殿下」

あまりにも痛ましいその様子に、騎士たちは顔を背けてしまう。肩を落として天幕から出た騎士のひとりが「我々はどうなるのだろう」と呟いた。

不安はまたたく間に広がった。誰もが動揺するなか、ギネヴィアの側近を固めるブリダイン家一門に批判的な貴族たちが勝手な行動に走る。

「今こそ殿下にかわり、我らが軍の主導権を握るのだ」

全体の四分の一にあたる千人ほどの部隊がギネヴィアの許可を得ずに出撃していった。

どのみち反徒に襲われた町を救いに赴く部隊は必要であったのだ。

敵は所詮、地方領主の小部隊である。簡単に討伐できるだろう。その功績をもってブリダイン公の影響力を削ぎ、一気にギネヴィア派を掌握する。彼らの考えはそんなところだった。リネットが消えた今こそが絶好の機会である。完璧な絵面にみえていたことだろう。

残念ながらその思惑は大きく外れることとなる。

「町の外で会戦に引きずり込んで敵を撃滅する」

勝手に軍を動かしたギネヴィア派の反主流派は、そう戦術を立案し、戦場と見定めた地を拙速に目指した。近隣の町を襲っていた敵は騎兵百名を中心とした八百人程度の軍勢であるという。練度も低く、鎧袖一触で蹴散らせるだろうと判断された。

ところが歩兵の半分近くは傭兵で、彼らは戦争を熟知していたのだ。

敵は街道沿いの森に隠れ、襲撃された町に急ぐ反ブリダイン家の貴族たちを奇襲した。隊列もなにもない強行軍の最中に襲撃されたギネヴィア軍は、たちまち壊滅的な打撃を受けて、目端の利く者から逃げ出し始める。

「おい、逃げるな！　列を整えて反撃するんだ！」

戦場でのろのろと再編制を始めた貴族は、傭兵たちにとって賞金首が自分から手を挙げてくれているようなものであっただろう。

貴族たちは、目立った者から順番に討ち取られていった。指揮を引き継いだ騎士が次に殺された。最後まで無事だったのは、まっさきにきびすを返して逃げ出した者たちだけである。馬に乗った騎士であれば追っ手を引き離すことが可能であった。

徒歩の徴兵された兵士たちは更に悲惨だ。街道から外れて四方八方に逃げた者は、運がよければ追っ手がかからず戦場から離脱することができた。街道を戻った者は敵の騎兵に追い立てられ、さんざんに刈り取られることとなる。

死んだ兵士は武器のみならず服まで剥ぎとられ、屍はその場に打ち捨てられた。まるで野盗に遭ったかのような惨状であった。

その日のうちに第一軍の野営地まで戻って来られたのはごく一部。後日、合流できた者も含め、出立したとき千人だった部隊は三分の一以下に磨り減っていた。貴族に限って言えば、ほぼ全滅である。

第二軍の陣地で報告を聞き、慌ててこちらに戻ったブリダイン公があまりの被害の大きさに絞りだすような呻(うめ)き声をあげたという。

「戦の上手い奴が敵にいるな」

地方領主の配下に相応の知恵者がいれば、とうに頭角を現していただろう。

消去法で、それは傭兵の誰かだ。

「私には心当たりがある」

貴族たちが集まる会議の場で、ブリダイン公はそう続ける。

餓狼隊(がろうたい)と名乗る傭兵団がアスヴァール島に来ていると情報筋から報告があがっていたのである。ブリダイン公の縁者(えんじゃ)にも接触があり、雇用するよう働きかけがあった。

「当然、そんなものは断らせた。素行の悪い傭兵団など必要がない。無頼者（ぶらいもの）に好き勝手をされてはたまらぬからな」

その後、餓狼隊は偽アルトリウス派の中心に近い人物にも接触し、こちらにも拒絶されたという情報を聞いていた。敵軍もまた、奔放で忠誠心の欠片（かけら）もない者たちを雇う気はなかったのである。だから安心していたのだが……。

「名を揚（あ）げたい地方領主の手下になっていたか」

喰い詰めた傭兵は野盗に走ることも厭（いと）わない。さっさと始末しておくべきだったかと考えるが、どのみちあのときは、そんな余力もなかった。

「さて、このまま放置とはいかぬ。討伐は必須。さりとて今から将器を持つ者を用意するとなると……第二軍から引き抜くか？」

ギネヴィア軍の将兵不足は深刻で、数少ない有能な者のほとんどが主力の第二軍にいる。せめて留守を預かれる者がいればとも思うが、現状でブリダイン公が自ら陣を離れるわけにはいかなかった。

――リネットを失ったのは痛いな。政務のみならず陣中においても殿下の尻を叩く役には立った。

死んだ愛娘をも駒として扱うような思考に、嫌気がさす。

だが、その思考ができなければ一流の貴族とは言えないことも事実であった。ブリダイン公は正しく貴族であり、そして自らをも駒のひとつとして死ぬまで貴族であり続け、次代へ統治を繋ぐのが使命であった。

それが彼らの組み込まれた機構の仕組みであり、その仕組みを熟知するからこそブリダイン公は一流の貴族でいられたのである。

リネットもまた、その志を継ぐ者であったはずだった。

——あの、馬鹿娘め。

彼女の死には、重要な示唆（しさ）がある。親としての悲しみに襲われると同時に、ブリダイン公はそのことに思考を巡らせていた。

なにが誤りであったのか。どうして彼女は死んだのか。ギネヴィア派の辿るべき道筋を示した地図に修正を加える必要があった。

夜になっても会議は続いた。議論は低調で、結論はなかなか出なかった。

そのときティグルヴルムド卿の部隊が戻ってきたという報告が入った。第二軍を経由し、馬を潰しての強行軍であったという。

「すぐにティグルヴルムド卿を呼べ。急ぐのだ、申し訳ないが、ことは一刻を争う」

ブリダイン公はいつになく早口で部下に命じた。

†

コルチェスターに使者として赴いたリネット＝ブリダインが殺された。

第二軍に戻ったティグルとリムはその報告を聞き、疲れた身体に鞭打って第一軍に、ギネヴィアのもとへ赴いたのである。

そこで知ったのは、昨日からギネヴィアが塞ぎこんでいるという話と、西方でギネヴィア派と敵対する一軍が暴れているという情報であった。負傷したヴァレンティナは近くの町に移送され、そこで傷を癒やしているという。兵はいるが、将がいないということだ。

「大功を成した英雄を労う間もなくてすまないが……」

ブリダイン公は憔悴した様子ながら、まっすぐにティグルの視線を受け止め、一軍を率いて西方の軍の討伐に向かって欲しいと告げる。既に編制は終わり、率いる将だけがいないという状態であった。

「お任せください」

ティグルは即諾した。もとより未熟な兵士が多い第一軍の弱点は熟知していた。リネットが欠け、ギネヴィアが動けないとなればなおさらであろう。

ティグルの数少ない直属であるメニオが今回、遠征する部隊の兵站を担当していた。彼は手短に編制状況を伝え、千五百人の兵士が今すぐでも出発することができると告げる。

「とはいえ、ティグル様。もう日が暮れています。出発は明朝になさいますか」

「いや、今すぐだ」

ティグルはメニオから受けとった編制表をざっと眺めたあと、そう告げた。

「ブリダイン公のおっしゃる通り、今は時が惜しい。これから陣を発つ。敵も、まさかこちらが夜間に行動するとは思っていないはずだ」

「熟練兵ならともかく、今回は新兵が中心です。夜の強行軍は難しいでしょう」

「脱落した兵士はあとで合流させればいい。幸い、今回は舗装された道を辿ることができる。中核となる熟練の騎兵、見たところ百名ほどか、それだけいれば充分だ」

本当は、考えをまとめる時間が欲しかった。ギネヴィアの顔をみておきたいという気持ちも強い。だがそれ以上に、危機感がある。影法師が消えてこんなにもすぐ仕掛けてくる敵を放置することは危険だと、狩人の勘が叫んでいた。

しばしののち、ティグルとリムは騎兵百と共に先発した。

後続の歩兵千四百は他の将に任せ、無理のない進軍をするよう伝えてある。夜を徹して駆け、日の出と共に敵軍を襲う計画であった。

夜目の利くティグルが先頭になり、騎馬は一直線になって、だく足で街道を抜ける。暗い夜道で、それ以上の速度は出せなかった。

心配していた士気だが、これはティグルが指揮を執るとなったとたん跳ね上がって、部隊に選ばれていないのに参加を望む騎士まで何人も出る始末であった。

ティグルヴルムド＝ヴォルンが島を襲った化け物を始末したことは、もはや誰もが知っていた。最新の英雄譚であった。円卓の騎士が信仰されているアスヴァールにおいて、新たな信仰の対象になってもおかしくない勢いであるという。

「餓狼隊という傭兵団については聞いたことがあります」

ティグルの馬のすぐ後ろについて、リムが言う。

「戦場ではよく働くものの、戦場以外での粗暴な行為が目につき、嫌われていると」

「傭兵なんて、いくつかの例外を除けば、どこもそんなものじゃないのか」

「元傭兵として返す言葉もありませんが、ここは特に、です。雇い主の町であろうとお構いなしに略奪を始める傭兵団など滅多に聞きません。そもそも、そんなことをして雇い主に粛清されずに済むというのが、普通はありえないことです」

「どうして粛清されない」

「雇い主が文句を言ったとたん、これ幸いと牙を剥きなにもかもを奪って去って行くとか。もはや正気を失っているとしか思えません」

そんな傭兵団が存在するというのか。そして今、わざわざ船に乗ってこのアスヴァール島に来ているというのか。そんな連中に攻められている町はまだ無事なのだろうか。ティグルは暗澹たる気持ちになる。

「それだけのわがままを通す強さがあるんだな」

「ええ、おそらくは。悪評が立っても雇い主が現れる程度には力があるということです」

リムは語る。極端な傭兵団にはえてして極端な輩が集まってくるものであると。そうした者たちはいっそう極端に走り、誰も止める者がなくどこまでも走り切って、そして自壊するものであると。

「こういった傭兵団は、放っておけば数年で勝手に分解いたします。もっとも、それまでに限りない災禍を振りまくでしょう。今ここで止める機会ができたことは、幸いなことかもしれません」

リムの口調は硬い。同じ傭兵であったひとりとして、また仮にも公主代理として、民に手を出す所業には許せないものがあるのかもしれない。

「ですが、好き勝手ができるだけの実力がある手練れ揃いということでもあります。油断なきよう」

「もちろんだ」

ティグルに油断などない。だからこそ、こうして相手の虚を突こうとしていた。普通に戦えば尋常ではない被害が出ると確信したからである。

敵の勢力圏とおぼしきあたりに差しかかって、しばし。ティグルは違和感に気づき、馬を止めさせた。リムが慌てて後続に合図を送る。

「どうしましたか、ティグルヴルムド卿」

「罠だ」

ティグルは馬を下りて、ナイフを取り出すと街道を遮るように張り巡られた細い縄の仕掛けを断ち切った。だく足だったとはいえティグルが馬を止めていなければ転倒し、後続も巻き込んで大惨事を起こしていただろう。

「よくお気づきになりましたね」

騎士のひとりが感嘆の声をあげる。月と星の明かりだけが頼りで足もとがおぼつかないなか、ティグルが馬を止められたのは、違和感を覚えたというか直感が働いたというか、とにかく理屈ではないなにかを察したからであった。

「敵はこちらの奇襲を見抜いていたというのですか。もしかしたら、この先に待ち伏せがあるかもしれません」

「いや、それはなさそうだ。この罠も念のための警戒だろう。もし本当に奇襲がわかっていたなら、ここに兵を伏せない理由がない。俺たちを襲うなら今だ。勢いを殺されたこちらは、なすすべもなく狩られていただろう」

ティグルは周囲を見渡す。街道の周囲では背の高い草が繁茂していた。夜に人が隠れるなら充分な隠蔽だ。しかし周囲に人の気配はいっさいなかった。

いや、たしかに人の気配はないが……。

ティグルは耳を澄ましたあと、草むらの一角に足を向ける。

そこから飛び出してくるものがいた。小柄な動物だ。リムが警戒し双紋剣(カルンウエナン)を抜くが、ティグルは手をあげて彼女の行動を制止する。

可愛らしい猫の鳴き声が響いた。

「下僕よ、ご苦労だった。島を覆う魔が払われたこと、わが主はいたくお喜びだ」

「ケット、君は神出鬼没だな」

「朝は島のはずれにいた下僕に言われたくはない。浜風のように忙(せわ)しないのだな」

もっともだな、とティグルは苦笑いした。正直、疲労の極みにあると言っていい。ただでさえ、ストリゴイとの全身全霊を賭けた戦いの後である。それでもこの早駆けは必要だったというのがティグルの認識だ。時を経るほど状況は逼迫する。

「急ぐ用事があるのか、下僕」

「ああ。でもそちらに緊急の用事があるなら……」

「いや、我らは下僕ほど生き急ぎがない。後でよろしい」

ケットはティグルの頭によじ登ると、ひとつおおきく鳴いた。遠いどこかで犬の遠吠えのような声が響く。返礼のようだ、とティグルは思った。実際にそれは、ケットが仲間になにかを連絡しそれに返答したものだったのかもしれない。

「その……ティグルヴルムド卿、頭の猫は？」

「気にしないでくれ。ケットは賢いやつなんだ」

戸惑う騎士に、ティグルはそう返すしかない。ある程度の事情を把握しているリムのため息が聞こえた。


軽いアクシデントのあと、ティグルたちはふたたび馬上の人となった。

ケットはティグルの頭の上で器用にバランスをとって寝ている。後ろの騎士たちが奇妙なものをみるような視線を浴びせてくるのが、背中ごしにもわかった。リムが平然としてくれているのが、せめてもの救いである。

林のそばを通り過ぎるときだけは、警戒して速度を落とす。

懸念した襲撃はなかった。

こちらの部隊を追い返したことで気が緩んでいるのだろう。あれほどの大損害を受けて、その日のうちに次の部隊が出てくるとは普通、思わないものである。

少なくとも原因の究明、対策の検討はするものだ。より多い部隊を動かすなら、相応に日数を要する。軍隊とは数が多くなればなるほど、相乗効果で移動に時間がかかるようになるのであった。出鼻をくじくことで稼げる時間というのは、それだけおおきい。

故にこその、拙速な少数での朝駆けである。戦を知る者ほどありえぬと排除する、それはいっけん、狂気の沙汰であった。

狂気にみえるそれを実行可能としたのが、夜目に優れた狩人であるティグルによる索敵だ。

そもそもティグルが昨日の今日で第一軍に戻っているなど敵側の予想になかろうし、このような強行軍で襲撃してくる軍があるとは理解の外に違いない。これはリムにも確認したから、確度の高い想定であろう。

「申し訳ありません、ティグルヴルムド卿。馬の調子が」

「後でゆっくり追いついてくれ。先に行く」

ひとりの騎士が馬の足を緩め、置いていかれた。ティグルが先導しているといっても、もともと無理のある夜の騎行だ。どうしても脱落者は出る。

夜を徹して走り、山の彼方がぼんやりと明るくなるころには、百騎の部隊が八十騎程度にまで減っていた。無理をさせてしまった馬には心から悪いなと思うものの、これは通さなければならぬ無理であったという確信がある。

「八割が残ったんだ、数は充分さ」

町の城壁が見えてきた。その近くの丘に展開する軍隊がある。焚き火の数から判断して数は五百と少しだ。報告より少ないように思えた。

半日遅ければ町は落ちていたかもしれない。そうなれば最悪、町に立てこもる敵軍を相手にすることになる。なんの力もない民が巻き添えになることは確実であった。

「皆、止まれ」

ティグルはここまで残った騎馬部隊を少し休ませることにした。

リムに部隊を任せ、自分は馬を下りて近くの高い木に登る。高所から周囲を観察したところ、少し離れた丘の上に焚き火をする集団がいた。こちらも火の数から考えて、およそ三百の部隊が展開しているようだ。そちらが傭兵部隊だろう。

戻って状況をリムに報告する。

「五百と三百、か。この程度の数で、わざわざふたつに部隊を分ける意味があるだろうか」

「ありますよ、ティグルヴルムド卿。部隊同士の仲がひどく悪いのでしょう」

「領主直属の兵と、傭兵たちとが、か？」

「粗暴で実力主義の傭兵と、代々領主に仕えてきた騎士たち、という対比です。生まれも育ちも違えば、食事の作法ひとつとっても、むしろ意見が合う方が珍しいでしょう。行軍の途中でもさんざん揉めたことは想像をたくましくするまでもありません」

「価値観がなにもかも違う、か」

狩人としてのものの見かたと領主としての思考を共に学んできたティグルにとって、それは理解しやすいことだった。

本来、それをすり合わせて互いを説得してみせるのが指揮官の仕事である。敵軍を率いる領主はそれを怠ったか、やろうとしても無理だったのか。

いずれにしても、つけ入るべきおおきな隙だ。

「日の出と共に、攻撃をかける。それまで英気を養ってくれ。俺も少し休む」

ティグルは告げると、自分も適当な木の幹によりかかり目を閉じた。

疲労しきっていた。すぐに眠気が押し寄せてくる。

†

薄緑色の燐光が無数に漂う、仄暗い森のなか。

ティグルはひとり、獣道を歩いていた。

燐光が森のなかの景色を幻想的に映している。周囲の木々の枝は青白い炎に包まれている。風ひとつないのに、燃える枝についた濃い緑の葉が、ゆらりゆらりと揺れていた。

ここはどこだ。ぼんやりと、考える。自分はなぜこのような場所を歩いているのだと。考えても考えてもわからなかった。ティグルは次第に思考をやめ、周囲を窺うことに専念する。

よく観察すれば、周囲を舞う燐光は、自ら薄緑色に発光する虫のような……ちいさな人だった。こちらに気づいて手を振る個体もあれば、怖がって逃げていく個体もある。

あれは、おとぎ話の妖精だろうか。だとすれば、自分はいったいどこに迷い込んでしまったのであろう。

前方に人影がみえてきた。ひとりの少女が、全裸でおおきな木に寄りかかり、碧の瞳でこちらをみつめていた。長い髪が揺れて、秋の稲穂のように黄金色に輝いている。その髪の幾筋かが、薄い緑色に染まっていた。

服を着ていないことと、髪の一部が変色していること以外は、ティグルがよく知る人物だった。

「リネット様」

リネット＝ブリダインはティグルの言葉に少し悪戯っぽい笑みを返した。

「お待ちしておりました、ティグルヴルムド卿」

「よかったです、リネット様。ご無事だったのですね。ですが、その恰好は、さすがに……」

ティグルを前にしても身体を隠す様子がまったくない彼女の態度に、視線をそらして苦言を呈(てい)する。リネットはくすくす笑った。

「ティグルヴルムド卿、魔物ストリゴイの討伐、おめでとうございます。見事な手際であったとお聞きしました。ボールス卿とガラハッド卿が間に合って、本当によかった」

「リネット様がふたりに説明してくれたから、ボストン近郊でふたりに合流できたのです。心からのお礼を申し上げます。リネット様の迅速な行動があればこそ、民の苦しみを最小限にできました。あのときは千載一遇(せんざいいちぐう)の好機で、それに乗ることができたのは本当に幸運だったのでしょう」

「最後にお役に立てて、本当によかったです」

最後に。

ティグルはリネットの顔をみつめた。その言葉を聞いた瞬間、すべてを思い出したのである。彼女は死んだのだ。コルチェスターに赴き、謁見したアルトリウスによって殺された。そのはずなのだ。

「リネット様、あなたは……」

強い後悔の念が押し寄せてくる。そもそも彼女を行かせなければよかった。アルトリウスを信じるべきではなかった。

だからこそ、彼女が今、目の前に……。

何故？

夢、という単語が脳裏をよぎる。

そうだ、これは夢なのだ。自分は第一軍に戻ったあと、その足で一部隊を率いて西の街道を進軍し……少しの間、うたた寝をしていたはずである。服を着ていないのは、ひょっとすると己の願望だろうか。罪悪感が強くなる。

表情で彼の考えを読んだのだろう。リネットは少し困ったように首をかしげてみせる。風が吹き抜けたかのように金色の髪がおおきく揺れた。髪の周囲を漂う緑色の輝きがひときわ強くなる。幻想的な、ひどく現実感の薄い情景だった。

「ティグルヴルムド卿。私が死んだのは、私の愚かさ故なのですから、あなたが気に病むことではありません。そうはいっても、優しいあなたのことです、一朝一夕には難しいかもしれませんが」

「俺の後悔が、夢のなかの君にこんなことをいわせているのですね。だとしたら、優しいわけではない。たいがいだ、俺は。まったくもって度し難い」

「これは夢かもしれませんが、ここで私とあなたが出会ったことは幻ではありません。ただ逢瀬の場所が現実に存在しなかったという、それだけのこと」

「夢のなかでも、あなたは難しいことをいう」

リネットは笑った。屈託のない、それは心からの笑いだと、ティグルはなぜかそう信じることができた。彼女の胸もとのふくらみが上下する。ティグルはまた、気まずくなって視線をそらす。

「私の生まれたままの姿、みていられないほど醜いでしょうか」

「もう少し慎みを持って欲しいんだ」

「あなたは相変わらずですね。安心します。以前の私であればティグルヴルムド卿の気を惹く理由もあったのですが、この身ではそれも戯れ以上の意味がありません。今は、あなたにきちんと話を聞いていただくことが肝要です」

からかうような笑い声。リネットは指を鳴らした。強い風が吹いて木の葉が舞い、彼女の身体を覆い尽くす。木の葉が散ったそのあと、ふたたびみえた彼女は汚れひとつない純白の貫頭衣をまとっていた。

「これでよろしいでしょうか」

「あ、ああ」

「残念なことはたくさんあります。ですがもとより、ままならぬことは様々にございました。もう少しうまくやれていれば、そう思うことばかりでした。そのことひとつひとつに後悔していては、前に進めません」

不思議なものいいだった。まるで、死した後も彼女には進むべき道が、まだこの先があるかのような口ぶりだ。

「その通りですよ、ティグルヴルムド卿」

また、表情から心を読まれてしまったようだ。リネットはあっさりとその点について同意してみせる。

「死は、終わりではないと？」

「厳密には、私は死んだからとて、すべてを失ったわけではないということです。私のなかに流れる血、それゆえに」

「血、ですか」

「アスヴァールの王族には精霊の血が流れております。私は特に、その血が濃いようなのです。

かつては取り換え子と陰口を叩かれたものですが、それがよもや、これほどに真実の近くをかすめていたとは、まことに皮肉なことですね。それゆえ、私はこうしてあなたに再度、出会うことができたのですから」

また難しいことをいう。夢のなかの出来事は現実の願望だ、とティグルは聞いたことがあった。彼の願望が彼女の幻にいわせた言葉に過ぎないのだろうか。

ティグルの罪悪感が、彼女の身体を借りて、気にするべきではないといっている。そう気づいてしまうと、いっそう罪の意識が襲ってきた。

「なにを考えているのかだいたいわかりますが、それは傲慢ですよ、ティグルヴルムド卿」

「そうですね、リネット様。あなたの言葉は俺の無意識がいわせているのだとしたら、あなたはたしかにそういってくれるのでしょう」

「残念ですが、ティグルヴルムド卿は私のことを私以上に理解しているわけではないということです」

それはどういう意味か？　ティグルは怪訝な表情を浮かべてみせた。

「ティグルヴルムド卿はすでになんども精霊や妖精と出会っているというのに、竜や魔物を退治してみせたというのに、夢のなかで私本人と出会うことは幻想にすぎないと頑なのですね。思考が柔軟なのか、老人のように硬直しているのか、私にはわかりかねます」

「手厳しいな」

ふと、違和感を覚えた。ティグルの頭のなかとはいえ、リネットにここまでいわせることができるだろうか。ティグルヴルムド＝ヴォルンの無意識とは、ここまでリネットらしいリネットを描けるものだろうか。

まじまじと目の前の少女をみつめる。少女は呆れ顔になって髪をかき上げた。緑の粒が周囲を派手に舞う。

「ようやく、ですか。戦のことに関しては、たいそう頭がまわるというのに」

「そういう罵倒は馴染みがあるな。リムにもよくなじられる」

「私との逢瀬の最中に他の女性の話をするとは、いい度胸です。ですが……まあ、仕方がないですね。私はもはや、こうしたかたちであなたがたに語りかけるしかできぬ身なのですから。まったくもって不便なことです。今回も猫の王の助力あってこそ」

「ケット……？」

ここに至って、ティグルは気づく。そういえばあの子猫はなにか理由があって、わざわざ急ぐようにティグルの前に姿を現した様子であった。なのに具体的なことはなにもいわず、いつものようにティグルの頭の上で丸くなっていたから、ついついその存在を忘れていたのだ。

「あなたはケットと語り合うことができるようになったのか」

「皮肉にも、こうなってようやく、ですね。猫の王は素晴らしい方です」

頭は大丈夫かな？　とティグルは一瞬、真顔になった。

リネットは朗らかに笑ってみせる。

「あなたが思っているよりずっと、こちらの世界は豊饒なのですよ。それは以前ではわからなかった、理解をする気もなかったものでした。こうなってようやく、私は目の前にずっとありながらみえなかった、さまざまなものごとがみえるようになったのです」

「そっちの……世界、か」

こちらの世界、という単語でティグルはリネットが今、どうなっているのかうっすらと理解できたような気がした。

精霊。妖精。猫の王の世界。ケットに連れられて妖精の輪に踏み込んだときのことを思い出す。森のなかにあった、人々の世界に隣り合った別の空間。それはすぐそばにあって、しかしヒトにはみえぬもの。ヒトには寄り添えぬ、もののありかた。

そして、緑に染まりつつある髪。

「リネット様、あなたは……」

不意に、ティグルは気づく。

「本当に、死んだんだな」

リネットは寂しそうに笑う。

目の前の少女がティグルの生み出した幻想ではないと認識できたところで、話は、ではなぜ、という次の段階に移る。

「俺にひと目、会いたいというわけじゃなさそうだ」

「口づけを交わした相手にひと目会いたいと思わないはずがないでしょう。これだからティグルヴルムド卿は、リムアリーシャ殿に叱られるのです」

「すまなかった。降参だ。いや、会いに来てくれたことはとても嬉しいんだ」

初手から言葉を誤ったことに気づき、ティグルは両手を高くあげてみせた。リネットはくすくす笑う。

「ティグルヴルムド卿の素直なところを、今はなおさら好ましく思います」

「からかわれている気分だ」

「七割は、本気です」

三割は笑われているということか。まあ笑われるくらいで今の失態を補えたと思えば、よしとせねばならないだろう。

「もう少し戯れに興じていたいところですが、ティグルヴルムド卿はただでさえ眠りが浅く、万一、事態に急変あればたちどころにこの地より立ち去ること必定。先に本題をお話しいたしましょう。具体的には、始祖アルトリウスと会い、この首を刎ね飛ばされての感想です」

自分が首を刎ねられた感想を述べられる者など稀有であろうとティグルは思った。それを聞かされた者も、有史以来自分が初めてではなかろうか。なんとも貴重な体験談だ。

「ヴァレンティナ殿から、なにが起こったかお聞きしましたか？」

「いや、その時間もありませんでした。一刻も惜しい状況だったのです」

ティグルは第一軍の陣地にいた間に得た情報を手短に語った。リネットはなるほどとうなずいてみせる。

「ではまず、私が死ぬに至った理由から申しあげましょう。端的に、私の敗因は私がこの島を包む法則を真に理解していなかったことです。私たちはゲームをしていました。私は盤上の駒であり、同時に盤を差配（さはい）する打ち手でした。私はゲームのルールを知っているつもりになって、的確に手を打っているつもりになっていた。しかし始祖アルトリウスは、私の知らぬルールによって動かされる駒であったのです。いい気になって最適手を打ったつもりが、とんでもない悪手であった。私の死因は、そのようなところです」

自分の死因を語る少女は、どこか楽しげであった。彼女の心のありようは、本当によくわからない。

「端的、といいつつまわりくどいな。つまり始祖アルトリウスには、君を殺す理由があったということなのか。ヴァレンティナ殿はそこまで伝えていなかったように思うが」

「彼女は戦姫であり一流の貴族であり、それに必要な思考を充分に身に付けた才人です。しかししょせん、それだけの人物。この件に関しては部外者なのです。この島の事情に、この島に伝わる伝承に詳しいわけではありません」

「それをいうなら、俺も部外者だ」

「ええ。ですからこうして、私が話をしに来ました。ティグルヴルムド卿に足りぬものを補うのが私の役目と心得ております。話を戻しましょう。私が始祖アルトリウスに殺された理由は、私が彼にかけられた誓約により、殺害の対象であったからです。具体的には、先ほども申し上げた通り、私が王家の血を濃く引いているからでしょう」

「それはおかしい。公爵家まで狙われるとなると、偽アルトリウス派の中心人物のひとりにダヴィド公爵がいることの説明がつかない」

アスヴァールの公爵家はいずれも王室の血が濃い分家で、定期的に王家との婚姻があると聞いていた。

「そこで、先ほどの話に戻るのです。取り換え子、すなわち先祖返りです」

「先祖返り？」

「これは死後に知ったことですが、私にはある種の才能があったのです」

ティグルからみれば、リネットはある種のどころか才能の塊のように思える。そんな思いが顔に出ていたのだろう。少女は「少し勘違いされておりますね」と言葉を重ねた。

「これも繰り返しになりますが、ティグルヴルムド卿がみた過去の光景の通り、始祖アルトリウスは精霊の血を引いております。その血は今に至るまで、アスヴァール王室に残っております」

「もしかして、あなたが死後にこういうかたちで俺の前に現れたのは……」

「ええ、今の私は精霊に近い存在となっているのでしょう」

彼女はもう一度、髪をかきあげてみせた。先ほどよりも緑の筋が多くなったような気がした。

「つまりそれが、取り換え子という言葉や先祖返りという言葉を使った意味です。コルチェスターを落とした彼が王族を抹殺し、その生き残りであるギネヴィア殿下の命を執拗に狙ったのも、その狙いがこの血であるからです」

「精霊の血、か」

「ええ。おそらくは、それがアルトリウスが悪しき精霊と結んだ契約なのです。精霊誓約、とも申します」

ティグルははっとした。悪しき精霊マーリン。西方の高原でティグルがみた、あの子どものような姿と邪悪な意思の持ち手。彼は円卓の騎士アレクサンドラことサーシャによって一撃を浴び、消えた。その直後に現れたアルトリウスは、マーリンは死んでいないと言っていた。

「その誓約があったからこそ、アルトリウスはマーリンによって操られ、あなたを殺した」

「操られた、というのは語弊があるのでしょう。正式に交わされたヒトならざるモノとの契約は、力となります。王室の血を追い詰め、殺すという精霊との神聖な契約、すなわち精霊誓約が先にあって、私が彼の目の前に現れた瞬間、それが自動的に発動してしまったのでしょう。そうであれば、これまでの彼の態度はすべて納得がいくというものです」

「アスヴァールにはそういう伝承があるのか。いや、そうか。ガラハッド卿も似たようなことを言っていたな。彼は嘘をつかないという誓約をしていた。あれは妖精との間に結んだものという話だけれど、それも精霊誓約と同じようなことか」

「妖精との誓約……興味深いですね」

リネットの目が輝く。ティグルは苦笑いして、彼との会話を少し語った。完全に脱線だが、これも来るべき戦いにおけるヒントに繋がるかもしれない。リネットの知恵が死しても有用であることは、この短時間でよく理解できたのである。

はたしてリネットは、なるほどとうなずいてみせた。

「やはり三百年前のこの島は、今とは比較にならないほど精霊や妖精との交わりに満ちていたのですね。素晴らしい話を聞けました。惜しむらくは、今の私ではこの話を書物に記すことができないことです。後ほど殿下にも同じ話をしてあげてください。きっと、たいそうお喜びになるでしょう」

そのギネヴィア殿下は、現在、親友を失った悲しみで打ちひしがれているということを語るべきかどうか、ティグルは悩んだ。リネットはそんな彼をみて、寂しそうに首を振る。

「失われた者は、いくら嘆いても帰ってきません。殿下は賢いかたです。ほどなくして、そのことを理解なさいます。どうか、殿下の力になってください」

「あ、ああ。もちろんんだ」

その失われた者自身がそれを語るのは、なんだかひどく滑稽なように思えた。

「かようにヒトならざるモノとの契約というのは非常に強力な拘束を生むのです。ガラハッド卿が語ったように、それを破棄することにはおおきな代償を要します。契約の相手がより上位の存在であるアルトリウスの場合、破棄することそのものが不可能であるのかもしれませんね。そう考えれば、すべてのつじつまもあうというもの」

「つじつま？」

「アルトリウスの行動の矛盾です。コルチェスターを制圧したあと、なぜ強引に北上しなかったのか。なぜギネヴィア殿下の討伐を部下に任せていたのか。にもかかわらず、己の目の前に私が現れたとたん、問答無用で切り伏せたということ。すべては彼が、望まぬ精霊誓約に最大限、抗(あらが)っているからということなら納得がいくのでは？」

「抗っている……」

その視点はなかった。ティグルは目の前の少女をみつめる。リネットは生前と同様の仕草で口もとに手を当て、深い思索にふけっていた。ぶつぶつ呟いている。ティグルのことなど頭に入っていないようだ。

ふと、ティグルは思い出す。

「ボールス卿は、そのことを知っていたんだ。そのうえで、俺に託したんだ」

「ティグルヴルムド卿、詳しく説明を」

ティグルはボールスの最期を語った。

「ボールス卿は『陛下を頼む』と言った。『どうか、終わらせてやってくれ』と。あのときは、その言葉の意味がわからなかった。今なら少し、理解できる気がする」

彼がティグルに託したのは、彼らが敬愛する王を、精霊の束縛から解き放って欲しいという真摯な願いだったのだ。

おそらくは誓約により直接的に語ることができなかった。それでもボールスは、なんとかティグルに伝わるよう、最後の最後で、彼にできる最大限の抵抗をしてみせたのである。

「なるほど」

リネットはティグルの話を最後まで聞いたあと、思案しはじめた。

「なるほど、なるほど、なるほど」

深い思考の海に沈む彼女を、ティグルはじっとみつめた。下手に口を挟むより彼女に考えさせた方がいいと、経験上、よくわかっている。

問題は時間だった。さきほどのリネットの言葉から考えて、ここにいられる時間は無限ではない。この夢のなかでは、現実と同じ速度で時間が流れているのだろうか。

日の出が目前になれば、騎士たちがティグルを起こすだろう。

はたして、それからしばし。ティグルは唐突に、森の木々がぐにゃりと歪んだような感覚を覚えた。リネットがしまったという顔になる。

「時間が……申し訳ありません、ティグルヴルムド卿」

「あなたが謝ることじゃない」

「次にいつお会いできるかわかりませんので、いくつか。今後の戦略ですが、第一軍と第二軍を早急に合流なさいますよう。すでに東方の海岸沿いの安全は確認されました。当初の予定ではボストン経由で敵軍の侵攻が懸念されておりましたが、もはやその戦略は破綻（はたん）いたしました。状況に合わせて進路を修正してください」

「そうだな、兵を分ける不利益の方がおおきいか」

「父であればすでに気づいているでしょうが、殿下の尻を叩く意味でもティグルヴルムド卿からご提案を。次に、最重要の課題です。偉大なる猫の王の献身に、必ずや五匹の鮭を。あの方の助力なくしては、この場を設けることも叶いませんでした」

「それはたしかに重要だ」

　彼にへそを曲げられては困る。猫との契約は必ずや果たす必要があった。

「私がどうして、死してのちこうなったのか、その理由ですが、いちおう先祖返りによる精霊の血によるものだとは思うのですが……それも、未だわからないことが多すぎます。この先、私がどうなるのかもわかりません。故にこたびの会合については周囲に秘（ひ）して頂きたい。すべて、ティグルヴルムド卿自身の提案ということに。よろしいですね」

「いいのか、その……ブリダイン公や殿下に伝言とか」

「殿下には後ほど、ご挨拶するつもりです。もっとも、猫の王の言葉がわからない殿下に私の言葉が伝わるかどうかはわかりませんが……」

今のところ、身近な者たちで猫の王と会話できるのはティグルだけであった。ケットによれば、それは「王は王を認むるのだ」ということであるらしい。ティグルに王の資格があるということなのだろうか。まあ、所詮は猫の言うことだ。

「悪しき精霊、善き精霊(シーリーコート)、王室の過去。それらになんらかの繋がりがあると考えています。時間があれば伝承の精査を。ですがこれは難しいでしょう」

「そうだな、現状では困難だろう」

重要な伝承は、もしあったとしても敵地であるコルチェスターの書庫であろう。

「悪しき精霊マーリンの目的とその打倒を考えるには、未だ欠けた知識があると、私は考えます。最後に……」

また森が、ぐらりと揺れた。リネットは慌てて早口になる。

「ティグルヴルムド卿、始祖アルトリウスを倒すためには、彼の法則を理解したうえで、それを打ち破る必要がございます。ティグルヴルムド卿は、もうそのための鍵を手に入れております」

「鍵？」

揺れが、ひどくなる。リネットの身体が水に映った虚像のように乱れ、次の瞬間には消えていた。最後に、彼女が呟いたひとことだけがティグルの耳に届く。

「――卿」

それで、終わりだった。

夢が、途切れる。意識が浮き上がる。


ティグルは肩を揺すられて、目を醒ました。目の前にリムの顔がある。心配そうにティグルのことを覗き込んできていた。

木の幹に背を預けて寝ていたはずだが、今は草むらに身を横たえている。こういうかたちの野宿を得意とするティグルにとっては珍しく、寝相が悪かったようだ。

無理もないな、とさきほどの夢を考える。あれはきっと、夢であって夢ではない、こちら側とあちら側の接点における刹那の逢瀬であった。

どういう原理かはわからないし、きっとティグルには理解できない事柄だ。わかっているのは、それによって得たものはおおきく、なにより死して後も献身するリネットの熱意と情熱に触れることができたのは、ティグルにとって喜びであった。

彼女の献身に報いるためにも、結果を出す必要があった。その助言の言葉のひとつひとつはティグルの心に刻まれている。

身を起こすと、近くの木の上から猫の鳴き声がした。みあげれば、二股に分かれた木の分かれ目にちょこんと座るケットと視線が交わる。

「鮭を五匹だ」

「たいへんよろしい」

ケットは満足そうにうなずくと、木の向こう側に飛び降りた。

姿を消しても、彼のことだ、そのうちまたティグルのもとへ戻ってきてくれるだろう。どのみち、まずは戦争を片づける必要がある。

東から日が昇る。ティグルは全員に騎乗を命じた。リムが数えたところ、集まった騎兵はティグルたちを入れて八十三騎であるとのこと。

「ここにいる戦力で敵の本陣がある丘を叩く。傭兵のいる丘は無視していい。雇い主が消えれば、彼らが戦う意味は完全になくなる」

本陣の丘には五百人ほどの兵士がいるが、彼らはまだこちらに気づいていない。日の出直後の、もっとも気が緩む時間が狙い目だ。

「ティグルヴルムド卿」

ティグルは己の馬を操って列の先頭に立つ。するとリムが馬を寄せてきた。

「嬉しそうですね。なにかありましたか」

「死んだはずの者とも、夢で会えるんだな」

リムは怪訝な表情を浮かべた。

「頭を打ちましたか？　指揮を替わりましょうか」

「俺は大丈夫だ」

「皆、最初はそう言うのです」

うっかり口がすべって信用を失ってしまった。戦いでとり戻すしかない。

「猫の王関係だ。詳しくは、この戦いの後でゆっくりとな」

「わかりました。さきほどケットと話をしていたようですし、信じましょう」

どうやらティグルよりもケットの方が信用されているようだ。

「皆、いくぞ。見張りに発見されるまでは声をあげるな」

そう告げた後、ティグルは前を向く。

一行は滑るように動き出す。遮蔽（しゃへい）のある林を抜けて、丘がみえる草原に出た。


丘の上にある敵軍の野営地は、不用心なことに木柵を巡らす程度の防備すらされていなかった。

アスヴァール島の地方領主にとって私兵を動かす機会はほとんどなく、遠征の機会が皆無と言ってよかった。隣接する領主とのちょっとしたいざこざや山賊狩り程度がせいぜいなのだ。

自ら騎兵を運用したことこそあれ、騎兵を敵にしたことなど一度たりともなかったに違いなかった。それゆえの、騎兵戦術に対する無理解である。

自分たちが攻撃する側であり、敵が己の弱点を攻めるというところまで頭がまわらなかったという可能性もあろう。経験の薄い者ほど、ものごとに対して己の都合のいいことだけ考えてしまうものだ。

故に、逆光を浴びて接近してくるティグルたち騎馬部隊に対して、敵の出方はひどく遅れた。騎馬が充分に接近し、蹄(ひづめ)の音が聞こえてくるようになってようやく、丘の上に立っていたふたりの歩哨が慌てた様子で首から提げた笛を手にとろうとする。警報の笛だ。

ティグルは手綱から手を離し、矢筒から二本まとめて矢をとりだした。

黒弓に矢をつがえて、たて続けに放つ。矢はふたりの歩哨の喉を時間差で刺し貫き、彼らが警報を鳴らす前に仕留めてみせた。

「今です、我々で突破口を開きます！」

リム率いる残りの騎馬は速度が緩んだティグルの馬を次々と追い抜き、一直線に丘を駆け上ると一気呵成に敵陣へ突入する。兵士たちの狼狽(ろうばい)の声と共に、女の悲鳴までもが聞こえてきた。陣中の娼婦だろう。これも襲撃などないと完全に油断していた証拠である。

先行した騎兵が存分に陣地を蹂躙(じゅうりん)するなか、ティグルの馬は、少し遅れて丘の上についた。

周囲よりひとまわりおおきな天幕に火がつけられている。その周囲で火を消そうと慌てている若い従者たちの姿があった。

近くの木に縄でくくりつけられた馬が、突然の喧騒(けんそう)に怯えてひどく暴れた。鎧もまとわず暴れる馬に駆け寄る騎士たちに、ティグルは次々と矢を浴びせる。脚に矢が突き刺さって倒れ伏す騎士の上を、こちら側の騎兵が駆け抜ける。戦うことすらできず無残に蹄に潰された敵の騎士が、断末魔の悲鳴をあげた。

敵の兵士たちが逃げ惑っているが、ティグルの部下たちはそれを無視して歯向かう敵だけを相手にしている。

「逃げる雑兵は追うな。敵対してくる敵だけを排除し、追い詰めるのは領主一族だけでいい。贅沢な身なりをしているのがそいつらだ」

あらかじめ、そんな行動の指針を出してあった。この奇襲において重要なのは、雑魚を屠ることではない。敵の頭を叩くことなのだ。

領主のものとおぼしき天幕から、腹の出た壮年の男が裸の女と共に飛び出てくる。太った男は向かってくる騎兵の前に女を押し出した。騎兵は慌てて馬を止める。

太った男はその隙に背を向け、逃げようとしていた。

「小賢(こざか)しいことを」

リムが馬から飛び降りて、倒れ込んで泣き出した女は無視して太った男のもとへ肉薄する。

青い小剣が煌めいた。男の首から血が噴き出て、踊るように回転したあと地面に倒れる。鮮血が剥き出しの大地をどす黒く染めた。

「あなたのような者が治めていた土地の民に同情します」

リムアリーシャは軽くため息をついたあと、双紋剣を高く掲げ、領主を討ち取った旨を丘の上の全員に伝わる大声で宣言してみせた。

「戦いは終わりだ！　降伏する者は武器を捨てろ、悪いようにはしない！」

ティグルが大声で宣言し、黒弓に矢をつがえる。

あちこちで「黒い弓……竜殺しだ、ティグルヴルムド卿だ」と畏怖の念がこもった声が聞こえてきた。雑兵たちが次々と武器を捨てるなか、数名の騎士がなおも抵抗するべく剣を手にする。

ティグルは彼らの手や足を狙い、矢を放った。連続して悲鳴があがる。三名、立て続けに射貫いてみせると、それ以上抵抗する者はいなくなった。

敵の陣地を制圧して、ほどなく。

少し離れた丘にある陣地から煙があがり、傭兵たちが隊伍を成して進み出てくる。雇い主が死んだというのに、どうみても降伏するようには思えなかった。

傭兵部隊はその数、およそ三百前後。整然とこちらの丘に向かってくる。

「餓狼隊は、こちらの言うことをまったく聞かないのです。むしろ領主を脅す始末で、扱いに困っておりました」

武装解除された騎士のひとりが、そう教えてくれる。ティグルたちによって本隊が壊滅したのも、指揮系統を離脱して好き勝手に略奪する好機が到来した程度にしか思っていないのかもしれない。

ティグルたちの部隊は、すべて騎兵とはいえ八十と少し。敵の数はその三倍以上だ。

主目的である領主は倒した。傭兵だけで都市を攻略するのは困難だろう。彼らを放置し撤退するのもひとつの作戦ではあるのだが……。

「いや、ここで彼らを自由にさせれば、無辜（むこ）の民が被害を受ける」

逃走という選択を、ティグルは首を横に振って潰す。

餓狼隊のこれまでの行状を捕虜から仔細に聞きとり、とうてい放置はしておけぬと判断したのである。これはリムも同意見であった。

「戦場を渡り歩くあまりに血の狂気に浸りすぎた傭兵ほど面倒なものはありません。始末できるときに始末しておくのが最上なのです。彼らは文字通り、餓えた狼。道理が通じるはずもないのですから」

と容赦のない言葉を吐き捨てる。

とはいえ、手勢だけで戦うとなれば厄介な相手であった。この傭兵団はどうやら装備が充実しているようだ。ほぼ全員が鎖帷子（くさりかたびら）を着て、先頭の者たちは長い槍を握っている。こちらが丘の上とはいえ、あの槍衾（やりぶすま）に騎馬で突入しては甚大な被害を受けるだろう。

大盾持ちもいる。手槍を投げ込んだところで、たいした被害もあるまい。もっとも簡単な方法は数で包囲して圧殺することであったが、今回はそれも使えない。

「ティグルヴルムド卿、黒弓の力を使いますか」

リムの問いに、ティグルは少し考えたあと、首を横に振った。

「竜や化け物が相手ならともかく、あれはただのヒトを相手にするには過ぎた力だ。ヒトの世の争いである限り、なるべくヒトの力で解決したい」

「その言葉を聞いて、安心しました。私も同意見です。この双紋剣の特別な力は、特別な相手にのみ使うべきものなのでしょう」

だがそうなると、熟練の傭兵団を相手にどう立ち向かうべきか。

槍衾で丘をゆっくりと上がってくる傭兵団は、まるでひとつの生き物のようだった。これほど訓練された部隊に対して迂闊に手を出しても、手痛い反撃を喰らうだけだろう。

「陣地にある矢を集めてくれ」

少し考えて、ティグルはそう命じた。騎士たちが武装解除した兵士たちから矢をかき集めてくる。ティグルは予備の矢筒をつき従う騎士たちに渡すと、馬に飛び乗った。

「俺についてきてくれ」

本隊の指揮をリムに任せ、五騎のみを連れて陣を出た。

リムの率いる騎馬部隊が丘の上からゆっくりと前進してくる。傭兵団は槍衾を維持したまま静止した。相手が突撃のそぶりをみせれば、そうせざるを得ない。

よく訓練された歩兵がぴたりと足を止め、槍の先端を丘の上に向けている。実に模範的な動きだった。狂犬のように噛みつくという噂とは裏腹に、その実力はたしかなのだ。

数は少なくとも、彼らを従順な味方とすることができれば、さぞ重宝することだろうとティグルは思う。

だが、それは無理なことだった。彼らは野生に生きる動物だ。けっして人になつかぬ誇り高き生き物だ。ならばその意思を尊重し命を狩るのが、狩人としての自らの役目であるとよく理解していた。

ティグル率いる少数の別働隊は、傭兵部隊の脇を通って丘の下へ駆け下りる。

それを陽動と認識しているのか、ティグルの動きに反応した傭兵はいなかった。たったの五騎、六騎でできることなど、たかが知れているのだから当然だ。騎兵は集団で運用することに価値がある。群れからはぐれた狼は、さしたる脅威ではない。

道理であった。

その狼がティグルヴルムド＝ヴォルンでなければ。

†

餓狼隊の団長であるズイクサは「面白くなってきやがった」と下唇を舐めて不敵に口の端を吊り上げた。傷だらけの顔がいびつに歪む。彼らを雇った領主の軍勢は壊滅し、おそらく雇い主は死んだ。敵は騎兵、丘の上からゆっくりと前進してくる。

対してこちらは、三百の歩兵だけ。

ズイクサは、今はもう名前も覚えていない傭兵団につき従う娼婦の子として生まれた。幼くして剣を振ることを覚え、最初に人を殺したのは十と少しのころ、彼の尻を狙った傭兵を懐中の短刀で刺して逃げたときである。

同僚たちは笑って「おまえも一人前だな」と次の日から戦場に立つことを許してくれた。

それ以来、剣を振るい続けてきた。今や歳も三十の後半。そろそろ体力が下り坂を迎える年齢だ。ここで一発、大仕事を果たして引退という筋もみえてくる。部下にもそう思っている者がいるはずだった。

今回の仕事は、そのために計画した乾坤一擲の博打である。

初夏のころ、餓狼隊はアスヴァール島に上陸したあと、雇い主を探した。

アスヴァールの戦乱に乗じて、カモに取り入り、おいしいところだけ頂いて、とっとと逃げる。上手くいけば契約金と略奪でひと財産を築けるが、失敗すれば四方八方を敵に囲まれてなぶり殺しにされる。

血と暴力に餓えた傭兵のなかでも選りすぐりの戦狂いばかり揃った餓狼隊でなければ、こんな狂気と紙一重の作戦ともいえぬ作戦など、立案もされなかったであろう。

　計画を聞いた幹部も「今回ばかりはヤバいかもしれねぇな」と笑ったものである。しかし、誰も臆したりはしなかった。

　ズイクサの無茶を諫めるものなど、もとよりこの団で生きてはいけない。狂気に身を浸してそれに飲まれてもなお戦い続けるだけの気概がない者は、とうに団を抜けていた。あるいは戦場で臆して敵に殺されている。

　現在、餓狼隊に残っている三百名は、過酷な洗礼を潜り抜けてきた精鋭中の精鋭だった。今更、略奪や暴行程度で眉を顰める者などいない。

　必然的につきまとう悪評によって、アスヴァール島ではなかなか雇い主がみつからなかった。ようやく野心家の地方領主が彼らを雇い入れたときには、秋が近づいていた。

　そして、このギネヴィア派への無茶な横やりである。結果、飼い主が殺されたが、これはむしろ好き勝手に暴れる好機であった。

　敵は騎兵で揃えているとはいえ、数はこちらの三分の一以下だ。奴らは奇襲の利があったからこそ領主の軍勢を壊滅させることができたが、こうして正面からぶつかれば、騎兵対策を完壁にした自分たちに対してどれほどのことができるだろうか。

　静止して、槍衾を前面に押し出す。

　これでは手出しができぬとみて敵部隊が逃げるなら、その隙に領主軍の置き土産を略奪したあと、増援が来る前にさっと引く。うまくいけば、先ほどまで雇い主だった者の領地でも略奪ができるかもしれない。

　金さえあれば、この島から逃げる船など簡単に確保できるだろう。大陸も混乱していると聞く。混乱に乗じて国境を越えてしまえば、容易に足跡を消すことができる。

　今回の稼ぎ次第では、次はブリューヌかジスタートあたりで仕事をしようか。いっそ海を越えて南大陸まで行ってしまう手もある。カル＝ハダシュトという国では軍の主力が傭兵だと聞いた。異国人でも偏見なく、いい待遇で迎えてくれるという。

　そんな算段であった。

　それもこれも、ここで相手を粉砕するか、追い散らすかが上手くいけばの話である。

　敵の馬は、よくみれば動きが鈍い。ギネヴィア派の第一軍が一夜でこの地まで駆けてきたのだろう。かなりの無理をしての、日の出直後の奇襲であったのだ。

　彼らはすでに全員が限界まで力を出し尽くしている。その後のもう一戦となれば、全力どころか半分の力を出すのも難しいことは容易（たやす）く想像できた。

　それでも逃げない敵の指揮官は、よほど剛毅なのか、それとも猪突猛進（ちょとつもうしん）、馬鹿のひとつ覚えなのだろうか。それだけの不利を押してでも馬を並べてくる。丘から駆け下りる勢いでこちらを粉砕しようというのか。あるいは魔下の兵と馬の不調に気づかぬほど愚かであるのか。

　昨日、餓狼隊が奇襲し完膚なきまでに叩き潰した先遣隊の無様を思えば、後者の可能性は充分にあった。先刻の本陣の壊滅も、勢いまかせの一撃がたまたま功を奏したというだけであるに違いない。

「相手には厄介な弓持ちがいると聞く。額に矢を突き立てられたくなかったら大盾から顔を出すなよ！」

正面の騎兵とは別に、少数の騎兵が方陣の脇を通って丘を駆け下りようとしていた。機動力のないこちらの弱点を見抜いての揺さぶりか、あるいは別の思惑があるのか……。

二列目以降の大盾持ちが、丘を駆け下りる騎兵に対して盾を構えるべく横にずれる。

「先頭の騎兵が黒い弓を持っています」

部下が報告してくる。次の瞬間、その騎馬部隊が展開する側面で兵士の呻き声が聞こえてきた。その騎兵に対して大盾を構えていた兵が、わずかに露出した足首に矢を受け転倒したという報告が入る。

「このままでは、弓持ちに対するいい的です！」

「まぐれだ。騎射など、そう何度も当たらん。怪我人は内側に入れて別の奴が盾を持て。いつも通りだ、練習を思い出していけ」

運がいいときもあれば、悪いときもある。この程度の危機、なんども潜り抜けてきた。その自負が、ズイクサに冷静な指揮をさせる。自分たちは熟練の傭兵団、賽の目に一喜一憂する素人ではないのだから。

故に、ふたり目の盾持ちが矢を受けて退場したときも、三人目が同じようにやられたときも、平然とした態度で次の者を押し出した。たまたま二度、三度、上手くいっただけだ。次はないと部下に、そしてなによりも己自身に言い聞かせる。

だがそれも、四度目、五度目となると、傭兵団全体にいささか動揺が広がってしまう。

「団長、このままじゃ……」

「ちくしょう、ほんの少しだぞ。盾からほんの少しだけみえる身体の一部を、馬上から狙って射貫けるなんてこと、あるはずがねぇ。あってはならねぇんだ！」

その叫びは、まるで悲鳴のようだった。

そう、ありえるはずがないのだ。このような不条理があってはならない。

まだ死者は出ていないが、あの馬に乗った弓手が一矢射るたび、兵が地面に転がる。かといって矢から逃げようと密集陣から飛び出そうものなら、こんどは丘の上の騎兵が雪崩を打って押し寄せてくるであろう。

故に、誰もあの弓手に近づくことはできない。

「矢だ、こっちも矢を放て！」

遅まきながら、一部の槍手が弓に持ち替え、散発的な反撃を開始した。しかし敵の弓手は馬を巧みに操りこちらの矢が当たらないくらい遠くから、一方的に矢を放ってくる。あちらの矢は、なぜかこちらの弓手の頭や肩を確実に射貫き、無力化してくる。

「なんなんだ、あいつの矢は！」

「駄目だ、このままじゃあの弓兵ひとりに全滅させられちまう」

誰かが、叫んだ。

それは密集陣を組む全員が内心で考えていたことであったが、ひとりが口にしたとたん、にわかに現実味を増して戦場にいる傭兵たち全員の心をわし掴みにした。

味方が一斉に浮き足立つ。ズイクサはその動揺を抑えきれるかどうか、つかの間、思案した。

――無理だ。これほどの化け物が敵にいるなんて聞いてねぇぞ。

ギネヴィア派に、竜殺しと呼ばれる弓手がいるという噂はあった。だがそれはただの敵の誇大広告、戦ではよくある、嘘で塗り固めた虚像に過ぎぬと笑い飛ばしていた。

人の身で竜を殺せるはずもないのだから、当然である。始祖アルトリウスや円卓の騎士が蘇ったというアルトリウス派の広告と五十歩百歩といえた。

そこに真実の一部が含まれていたというのか？

その真実を無視したが故に、自分たちはここで、ただひとりの突出した個人に押しつぶされるというのか？

「こうなりゃ、丘の上に突撃だ！　騎兵を蹴散らして丘をとるぞ！」

ズイクサのかけ声と共に、部隊は坂道を駆けのぼる。

ただでやられてなるものか。たとえ勝てなくても、相手を一騎でも、ひとりでも多く道連れにしてくれる。大盾持ちが盾を捨て、剣を構えた。槍持ちが先頭に立ち、騎兵に突撃する。

「敵がしびれを切らしました。今です！」

敵の指揮官とおぼしき女が、さっと手をあげた。ギネヴィア派の騎兵が丘を駆け下り突撃してくる。

向こうも真っ向勝負だった。それでいい。餓狼隊はここで滅びるとしても、その最期は華々しいものとなろう。ズイクサ自身も抜剣し、部下を押しのけて先頭に立つ。

敵の先頭は先ほどの女指揮官だった。彼女は馬の腹を蹴ると長槍を構えて突撃してくる。ズイクサは身軽に槍の一撃をかわすと、すれ違いざま、馬の胴に剣を突き刺そうとした。

硬い手ごたえがあった。

剣がなにかに受け止められたのだ、と気づいたときには弾き飛ばされていた。身体が宙を舞う。頭を動かして、ズイクサはみた。女指揮官は槍を捨て、青い小剣を手にしていたのだ。ズイクサの剣を弾いたのはその青い小剣であった。

「馬鹿、な」

背中から地面に落ちる。とっさに身を丸めて地面を転がり、素早く立ち上がろうとする。しかし、その余裕はなかった。顔をあげたときにはすでに、後続の敵の騎兵が目の前まで迫っていたのである。

馬の蹄に頭を蹴られ、さらに後ろの騎兵に踏みつけられて、ズイクサの意識はとぎれた。

そして二度と目覚めなかった。

†

餓狼隊との戦いは、騎兵の突撃によって決着がついた。

彼らは指揮官を失い、突撃を粉砕され、丘を駆け下りてきた騎兵によって蹂躙された。

それでも生き残った傭兵たちは、もはや統制もなにもなく、重い盾や槍を捨て、三々五々に逃げ出している。

ティグルは追撃の指示を出さなかった。出せなかった、という方が正しいだろう。夜を徹して駆けてきた騎馬たちは疲労困憊の極みで、戦場の興奮が過ぎるともはや一歩も前に進むことができなかったのである。

馬を駆る騎士たちも限界であった。馬を下りたとたん、立ち上がることすらできなくなる者が多数である。ティグル自身も強い疲労を覚えていた。弓を握る手に力が入らない。

「ティグルヴルムド卿、まずはお休みください」

そう告げるリムも全身で汗をかき、その声にはいつもの張りがない。誰だって限界まで動き、限界まで戦ったのだ。ティグルだって、己の為すべきことに対して最後まで責任を持つべきだろう。

「ひとまず、町の方に連絡を頼む。ギネヴィア派が町を守ったことと、敗残兵の処遇について話し合いたい旨を。降伏した者たちは領主軍と傭兵にわけて管理してくれ。負傷者の手当ては最優先で、こちらは町から人員を出してもらうように。それから……」

疲労で重い身体に鞭打ち、最低限の指示を出していく。

町で籠城の指揮をとっていた領主は、早急に援軍をよこしてくれたティグルたちにたいへん感謝し、快く戦後の処理を引き継いでくれた。

この町はもともとギネヴィア派であり、故に偽アルトリウス派の領主に攻められたのだと言い、ギネヴィア派への恭順を改めて誓う。実際のところ、これまでこの町から兵士の供出はなく、ただ名前だけの参戦であったから、実質的には日和見を続けるということであるが……。

こうして町を襲う部隊がいた以上、兵を出せとも言いにくい。

かわりに、義勇兵として一部の兵士が立ち上がり、ティグルについていくと言い出したとのことであった。彼らを率いるのは領主の息子である。実質的な派兵だが、あくまで個人が自主的にギネヴィア派に参加したというかたちをとりたいとのことである。

「ギネヴィア派と偽アルトリウス派を天秤にかけて、どちらが勝ってもいいようにという差配ですね。如才(じょさい)ないと褒めるべきか調子がいいとこき下ろすべきか、悩ましいところです」

リムは言う。

「領主の息子を出すんだから、実質的にギネヴィア派じゃないのか」

「もし我々が負け、偽アルトリウス派がこの場所まで攻め寄せてきたなら、この町は無抵抗で門を開き、あれはすべて家を出た息子の独断ですと宣言するでしょう。すでに家から追い出した不肖の息子が迷惑をかけて申し訳なかった、と嘆いて子を見捨て、改めて偽アルトリウス派に恭順するわけです。乱世で生き残るための処世術ですね。大陸がいくつかの大国にまとまるまでの戦乱の時代、よくあったことであると本で読んだことがあります」

「親か息子、どちらかが生き残れば、町は守れるってことか」

「領主とは己の領地を守る家のことです。なにをおいても、まずそれが優先されるのでしょう。たとえ個人の命を捨て駒にしても、最後に家と領地が残ればよい。そう考える者こそが貴族である、と言う者もいます」

ティグルはため息をついた。

「少しはわかる気がするよ。俺だってアルサスを守るためならこの命を捨てても惜しくはない。あの日俺は、アルサスを守れる俺になるために、アルサスを出たんだ」

でも、と首を振る。

「それよりも、目の前の戦いに勝つため全力を尽くすべきじゃないのか。どっちが勝ってもいいようにする、って言うのは、ちょっと違う気がする」

「それは強者の論理ですね。あるいは、ただの甘えです。私は傭兵をやっていたからよくわかりますが、雇い主の気まぐれで吹けば飛ぶような身で雇い主にすべてを預けて命を賭けるのは、実直ではなく愚か者です。弱者には弱者の論理があります。ティグルヴルムド卿も、アルサスを守るためならもう少し泥臭い手段も考慮に入れるべきなのです」

　それはなんとも、難しいことだなと思う。

「ともあれ、今のティグルヴルムド卿はギネヴィア派の重鎮。ならば、重鎮にふさわしいふるまいをなさってください」

「重鎮のふるまいって、具体的にはどういうものだろう」

「ひとまず交渉相手に対して迂闊に言質（げんち）をとられないこと、舐められないようにすることを心がけてください。多少、不機嫌に振る舞っても構いません。具体的な交渉は部下に任せれば、なおよろしい」

「それでいいのか」

「この地の領主程度が相手であれば、問題ありません。今のティグルヴルムド卿は、それほどの存在なのですから。本来であれば、この程度の町を守るためにティグルヴルムド卿が赴くこと自体、異例なのです」

　そもそもティグルたちが第一軍にたどり着く前にギネヴィア軍は一戦交えていて、それが完敗だったが故の行動であった。幸いにして失地回復を成した今、ティグルがこれ以上、留まることはギネヴィア派全体にとって具合が悪いということか。

「帰るとしても、さすがにひと眠りしたいな」

「私もです。後続の部隊が来たら、詳しい話はそちらの指揮官に任せるとしましょう」

置いてきた歩兵も、昼頃には到着するはずだった。

†

ギネヴィアは天幕の天井をみあげて、ありし日の情景を思い返していた。

親友との思い出だ。彼女と初めて出会ったのは六歳か七歳のときで、コルチェスターの王宮の書庫だった。

リネットは三つ下で、利発な子どもだった。いや、利発という言葉ではとうてい言い表せないほど、同じヒトとは思えないほどに彼女は早熟で、聡明で、先の先まで見通す神童だった。聞けば二歳で言葉を話し、書物を読み始めたという。すぐに家庭教師がついたものの、やたらに理屈っぽく知識欲が旺盛なこの子どもを誰もが持て余したとのことである。

「妖精の取り換え子ではありませんか」

そんな陰口を叩く者すらいたほどだ。ある種の伝承によると、妖精は気まぐれに己の子と人の子を交換するというのだ。もっとも、その真実をたしかめた者などいない。

人の子とは思えぬ異能である、すなわち彼女は妖精の子でありブリダイン公の本来の子ではないという理屈にもなっていない論理が、迷信に惑わされがちな学のない庶民のみならず貴族の間にあってもまかり通ることがあるのだ。

無論、大半は本気で言っているわけではなく、ただ彼女の才能を妬んだ陰口にすぎなかったのであろう。しかし荒唐無稽な嘘もいわれのない非難も、繰り返せばいつしか人はそれを信じ込んでしまう。

「ブリダイン家の娘は妖精の取り換え子」

悪意ある噂は、いつしか野火のように広がった。仮にも王家の血を引く公爵家の娘に対してあまりにも不遜なものいいだったが、それほどに彼女は突出していたということだろう。

実際のところ、王家の血にはときどき、彼女のように突出した人物が現れるらしい。かの大陸に進出した女王ゼフィーリアも、幼少の頃は妖精の取り換え子と呼ばれたことがあったという逸話が残っている。

そもそも円卓の騎士の何人かも妖精の取り換え子だったのではないか、という言い伝えすらある。それらの言説は、円卓の騎士が信仰されるこの国において、良識のある者であればいささか眉を顰めるものいいであったが……。

実際にリネットと親しく接して、ギネヴィアは確信する。

「あの子は、ただの人の子よ」

たしかに異様に聡い人物ではあるが、その感性になんら人と変わるところはないのであると幼きころに看破していた。ただ稀（まれ）に己の才を持て余すことがあり、それが表に出たとき、いささか不遜な、他者の感情を害してしまう結果になるだけなのだ。

それもけっして人の心がわからないわけではない。相手を傷つけたことを反省し、次は的確な対処をしよう、と判断できる程度には感情を分析できる人物であった。

まあ齢一桁（よわいひとけた）のころからそれを実践し、十を過ぎる頃になると領政にまで口を出すようになっている時点で突出した才能ではあるのだが……。

それでも彼女は人の子である、というギネヴィアの結論にはいささかの揺らぎもなかった。

ギネヴィアといるときの彼女は、少しばかり賢しく生意気ではあるものの、豊かな感情と年相応の他者に対する好奇心を持つ、ただの少女であったのだから。

共に円卓の騎士の伝承を探し求めたのも、ギネヴィアと同様、リネットが未知に憧れていたからである。

もっともその立ち位置にはいささか違いがあり、ギネヴィアが現実逃避的に円卓の騎士の伝承を求めたのに対して、彼女は「伝承は伝承、噂に尾ひれがつくように、ありえぬことはありえぬのです」とその物語の大半を最初からつくりものと断じ、そのうえで虚構の成立経緯を、事実の上に積み上げられた虚構の装飾そのものを楽しんでいた様子であった。

それで、よかったのだ。

互いが互いを尊重して、心地よい楽しみに耽溺（たんでき）することさえできれば、充分だった。現実に帰ればギネヴィアもリネットもいずれ政治の道具として降嫁する身である。いや、リネットの場合、ブリダイン公の補佐として入り婿をもらう未来もあったかもしれないが……。

どのみち、己の自由にできる時間はあとせいぜい数年、いや多くても一年か二年であったに違いない。

アルトリウスを名乗る者がコルチェスターを襲い、アスヴァール王族の根切りに乗り出さなければ、実際にそうなっていたであろう。

円卓の騎士の超人的な伝承の一部が真実であったことを知り、リネットは己の価値観が揺らぐほどの衝撃を受けたという。これはきっとティグルヴルムド卿もブリダイン公も知らない、ギネヴィアとリネットがふたりだけでいるときに語られた言葉であった。

「私の信じていたものが全て崩れ去ってしまうような衝撃でした。足もとの地面が消えてしまいそうなほど、立っていられないほど、不安になりました」

円卓の騎士と顔を合わせたという旅から帰ったあと、デンの町で。

リネットはギネヴィアにだけそう告げた。興奮で顔を赤くして語り続ける少女は、これまでギネヴィアがみた彼女のなかでもいちばん、可愛らしかったと思う。その素の側面をティグルヴルムド卿の前で出せば、もう少し彼に対して良い印象を残せたのではないかとも思った。

「不器用な子ね」

と思わず呟いてしまったところ、不思議そうな顔をされた。

「もちろん私は不器用よ、ギネヴィア」

と彼女は語るのだ。

「充分に器用であれば、とうにブリダイン家を支配して、今ごろはあなたを裏から操りこの戦争をもっと優位に進めていたわ。自らの不器用を不甲斐なく思うの。あとで、あのときああすれば、こうすればと、いくつも正解を思いつくの」

「そのかわり、ティグルヴルムド卿の協力はこれほど得られなかったかもしれない」

ギネヴィアが反論すると、彼女はおおきなため息をついた。

「その通りね。私ではあの方の心を動かすことはできない。私ではあの方の価値観を動かすことができない。理屈ではわかっているの。でも、だからこそあの方に憧れる自分がいることにも気づいている。ままならないものね。世界がこんなにも素晴らしいなんて、ぜんぜん知らなかった」

胸に手をあて、大切なものをしまい込むようにそっと握る少女をみて、ギネヴィアは心から羨ましいなと思ったものである。

ままならぬからこそ憧れ焦がれるものがあると知った。

この過酷な戦いの日々でも、ギネヴィアは彼女から教えられてばかりであったのだ。彼女がいるから、ギネヴィアは前を向いて歩くことができた。

円卓の騎士と戦うときも、会戦で騎士に化けて潜むときも、彼女が後ろに控えていると意識するだけで、なけなしの勇気を振り絞ることができた。

ギネヴィアの戦争は、常に彼女と共にあったのだ。

彼女さえいれば、ギネヴィアは最後まで戦い抜けると信じていられた。その先になにが待つとしても、彼女といっしょなら、それを受け入れられると思っていた。

なのに。

ああ、なのに。

「どうして」

ギネヴィアは呟く。

「どうして、あなたはいなくなってしまったの」

その名を呟く。なんどもなんども呟く。

半身を失ってしまった。

巨大な喪失感に押しつぶされていた。今がいつかも、何時かもわからない。涙に頬を濡らしては、それが乾いて、またいつしか新たな涙がこぼれた。手足に力が入らない。いっそこのまま自分も消えてしまえばいいのにと思った。

時間の感覚など、とうに失せていた。

椅子の上で意識を失い、悪夢にうなされて目が醒めた。まだ自分が生きていて、かたわらに彼女がいないことに絶望した。いつしか流す涙すら涸れていることに気づいた。

頭痛がした。手足が痙攣する。吐き気を覚えた。

このままこうしていれば、自分も彼女のところに行けるのではないかと淡い期待を抱く。

きっと酷く叱られるだろうなと思った。それでも、彼女の声が聴けるならそれもいいかと思ってしまった。

もうなんど目か、意識が途切れる。

猫の鳴き声が天幕に響く。

「ギネヴィア」

親友の声が聞こえたような気がした。


夢をみた。

夢のなかでギネヴィアはコルチェスターの書庫にいた。書架の前の椅子に座り、机に置いた分厚い牛皮の本のページをめくっていた。目で文字を追っているはずなのに、内容はさっぱり頭に入ってこない。なんでだろうと首をかしげた。

そばで足音がする。顔を横に向けると、後ろ手に組んだ親友がそこにいた。悲しそうな笑みを浮かべてギネヴィアをみつめていた。

「どうしたの、リネット。私の顔が、そんなに面白い？」

「ずっとあなたのそばにいるものだと、そう思っていたの、ギネヴィア」

「ずっとそばにいて欲しいわ」

「でも、無理なのもわかっていた。私もいつか、旅立つ日が来ると知っていた。そのときあなたひとりになってしまうのが心残りだった」

「私はそばにいて欲しいと言ったのよ。あなたがそばにいてくれれば、私は女王として、たったひとりで国を支えることもやぶさかではなかった」

「私がいることで、あなたの心が弱くなってしまうことも理解していた。いっしょにいた時間が長ければ長いほど、喪失感もおおきなものとなるのだから。でも、あなたのそばにはたくさんの星が集まった。きっともう、あなたは昔のあなたじゃない。私ひとりしかいなかったころのあなたじゃない」

「そんなことない。私はぜんぜん変わっていない。もし変わっていたとしても、あなたが必要じゃなくなるなんて、そんなことありえない」

「私たちは立ち止まってはいられない。私たちの立場が、立ち止まらせてくれない。立ち止まっていては、大切なものを失ってしまう」

「あなた以上に大切なものなんてない！」

親友はゆっくりと首を横に振る。

「ありがとう、ギネヴィア。あなたといっしょにいられて、本当によかった」

「そんな感謝なんていらない！　私はただあなたがいっしょにいてくれれば、それで」

「でも私は、死んだの」

「リネット！」

椅子を蹴って立ち上がり、その名を呼んだとたん。

まるで霧が晴れるように目の前の光景が変化する。まばたきひとつの間に、ギネヴィアは真昼の陽光に照らされた明るい森のなかに立っていた。

リネットの姿が消えている。

見覚えのある神殿の廃墟がすぐ近くにあった。ガラハッドとの決闘で赴いた山の中腹にあった、まつろわぬ神の神殿と同じつくりだった。苔むした石づくりの神殿に招かれたような気がして、ギネヴィアはふらふらと神殿のなかに足を踏み入れた。

なかは少し薄暗く、明かりとりの窓から差し込む日差しも窓枠にまとわりつく蔓状植物のせいで中途半端に遮られている。なのに不思議と、神殿の奥までよく見渡せた。

ギネヴィアの視線は、奥に鎮座している石造りの女神像に吸い寄せられる。両手を胸もとで抱えるような恰好で立つ、等身大の裸の女。みたことがない女神の像だった。おそらくは、伝承さえ失われた神々の一柱を象ったものだ。円卓の騎士の信仰が広まるにつれて消えていった神々の残滓である。

なんで、そんなものが、ここに。夢のなかに。

「リネット？　リネット、いないの？　ねえ、出てきてちょうだい。あなたと話したいことは、まだまだたくさんあるの」

ギネヴィアは親友に呼びかけながら、女神像のもとまで歩み寄った。夢のなかで合理性について考えても仕方がないのだろうが、それでもこの夢にはどこか、意味があるような気がしてならなかった。

この夢のなかで親友と交わした言葉は、その内容は、たしかに真実、彼女自身の言葉であるように思うのだ。

いや、だとすれば彼女は死んでいないのだろうか。本当は、どこかで生き延びているのではないだろうか。その儚い希望にすがることができるなら、なにを捨ててもいいような気がした。たとえこの先にどんな破滅が待ち受けているとしても……。

像の前で立ち止まり、ため息をつく。

「あの子は、そんなことを絶対に望まないわね。今の立場を、責任を捨てたりしたら、私をひどく罵(ののし)るわ。でも、あの子が罵ってくれるなら……」

彼女にまた会えるなら、どれほど罵られてもいいという気持ちが湧いてくる。

その願望は、忘れようとすればするほど強く意識してしまう厄介な激情は、どうすれば抑えられるのだろうか。いや、そもそも抑えるべきものなのだろうか。

ふと、女神像が動いたような気がした。ギネヴィアはまじまじと像をみつめる。目の錯覚だろうか。女神の姿が親友の姿に重なってみえた。いや、間違いない。これは……。

「リネット、この石像は、あなたなの？」

返事はなかった。ギネヴィアは両腕で女神像をそっと抱擁した。不思議と、温かかった。人肌のぬくもりを感じた。彼女の匂いがするような気がした。

どこからか、親友の声が聞こえる。うまく聞き取れないが、彼女は謝罪しているような気がした。なんどもなんども謝っているような気がした。

うまく言葉を伝えられないのだと、これが限界なのだと、そう謝っていた。

「いいのよ、もう」

不意に、理解する。彼女が懸命に、自分と繋がろうとしていて、しかしそれは果たせないのであると。それでもなお伝えたい思いが、伝えたい言葉があるのだと。

彼女が苦悩している。ひどい苦痛を覚えている。そう感じた。

だからギネヴィアは、今この瞬間、胸のうちから湧き上がる思いを言葉にした。

「ありがとう」

彼女の気持ちが嬉しかった。死してもなお、ギネヴィアのために精一杯の努力をしていると理解した。どこまでも戦い続けようとするその強い意志を感じた。それは、とても彼女らしいと思うのだ。

だからといって、これ以上、親友の苦悶の声を聞きたいとは思わなかった。

不甲斐ない己に腹が立つ。

彼女にここまでさせているのは、ギネヴィア自身の不徳故であると、そう悟った。彼女が死んだと伝えられただけで長く呆けてしまうほどの、情けない己があるからこそ、彼女はこうしてなおも戦おうとしているのであると。

もう充分に休んだ。皆に迷惑をかけた。なによりも、親友である彼女自身に心配をかけすぎてしまった。

やるべきことを理解した。

「もう私は、だいじょうぶだから」

ふと、彼女の声が届いた。こんどははっきりした声だった。

「ギネヴィア。あなたと会えて、私は幸せだった」

「ええ、リネット。私もよ。あなたのおかげで、私は幸せを掴む機会を得た。この手はもう二度と離さない」

彼女が笑ったような気がした。

†

現地で一泊したティグルとリムは、遅れてやってきた歩兵の隊長にあとを託し、騎兵だけを伴って第一軍の野営地に戻った。

アスヴァールを襲っていた災禍、魔物ストリゴイとその配下の影法師どもが消えたことで、状況は急速に動くだろう。もたもたしてはいられない。

帰還した部隊を野営地の手前で出迎えたのは、ギネヴィアだった。毛並みのいい馬に乗り、ぴんと背を伸ばしてティグルと騎士たちの苦労をねぎらう。

「よくやりました、ティグルヴルムド卿、リムアリーシャ殿、そして勇敢な我が騎士たち。民の犠牲なく反徒を制圧できたこと、なにより嬉しく思います。これで我らは背中を恐れる必要がなくなる。西への備えに用意した部隊を本隊に組み込めます」

騎士と第一軍の兵士たちがみている前で、朗らかに笑う。完璧な所作であった。リネットの一件がなければ、彼女はこれまで通りなのだと思ってしまいそうになるほどに、そう、あまりにも普段通りすぎた。

——本当に、だいじょうぶなのか？

一昨日、第一軍に戻った際、無理をしてでもひとめ彼女に会っておけばよかったとティグルは後悔した。伝聞と違う今の彼女をどう扱えばいいのか、手がかりのひとつも得られただろうに。

戸惑ったすえに型通りの返事をしたあと、「詳しい話は、のちほど」と少人数での報告を約束した。

リネットから聞いた件もある。もういちど彼女に会って聞きたいことは山ほどあったが、残念ながら戦が終わって気づいたときにはケットが消えてしまっていたのだ。あの子猫を捜すことは無意味だろう。彼には彼の意志と目的がある。

第一軍はすでに南進の準備を整え、明日の日の出と共に行軍を開始するとのことである。東の第二軍も前進し、両軍は明後日に合流する手筈であった。

北からの増援も含めて全軍で八千人を超える大軍が、間もなくひとつとなる。各地からの増援の報告もぞくぞくと届きつつあり、最終的には一万人に届くだろうとのことであった。

間もなく秋の収穫期だ。兵をその前に農村へ帰してやれるなら、それがいちばんであった。今年のアスヴァールは、ただでさえこの内戦で疲弊すること著しいのである。

次の一戦ですべてを終わらせなければならない。

ギネヴィアの天幕に招かれたのは、ティグルとリムのふたりだけだった。

ブリダイン公も、侍女たちすらも外に待機させているため、ギネヴィア自らが紅茶を用意する。テーブルにはできたての焼き菓子が載っていた。なんでもないお茶会にみえてしまうが、ランタンの明かりのもとでよく観察すれば、ギネヴィアの目もとは化粧でも隠せないほど落ちくぼみ、その所作も優雅でありながら、ときおり考え込むように動きを止めている。

完全にもと通り、とはとうてい言えない状態だ。無理もなかった。彼女にかかる心の負担は、よく理解しているつもりである。

だからといって戦が待ってくれるわけではないということも、皆がわかっているはずであった。軍がゆっくり進んでも、たったの数日でコルチェスターまでたどり着いてしまう。準備の時間は限られていた。

ティグルは王女殿下の淹れてくれた紅茶の香りを楽しんだあと、少し口に含む。蜂蜜の甘味が口のなかに広がった。

ふと脳裏をよぎるのは、以前もこうして茶会を催してくれたときの思い出だ。あのときはリネットもいた。

夢のなかでは彼女に会うことができたが、それはかりそめの再会にすぎない。彼女の言葉を、はたしてどう伝えたものだろうか……。

「リネットに会いました」

ギネヴィアが告げる。リムは驚きに目をおおきく見開き、ティグルは周囲を見渡して猫の気配を捜した。白い子猫はどこにも隠れていないようにみえる。ギネヴィアはくすりとした。

「ティグルヴルムド卿は、素直なかたですね」

「どういう意味でしょう」

「リムアリーシャ殿のように驚いた様子も、私を気の毒な目でみるような様子もない、ということです」

今、自分は苦虫を噛み潰したような顔をしているだろうなとティグルは思った。あの夢のなかでのリネットとの約束を、さっそく破ってしまった。

いや、これも彼女の想定内なのかもしれない。おそらくはティグルのときと同じ方法でギネヴィアの夢のなかに現れたのだろう。だからこそ、ギネヴィアもティグルの態度で隠しごとを推し量ろうとした。

リムが、ティグルを睨む。とがめられたような気がして、ティグルは思わず身をすくめた。

「夢のなかでのことです」

「殿下……それは」

リムがなにか言おうとして、口ごもる。ギネヴィアは首を横に振った。

「ですがどうやら、私では力が不足しているようです。あまり実のある会話にはなりませんでした。ティグルヴルムド卿は、いかがでしたか」

「先に、ひとつお聞きします。殿下、猫の鳴き声は聞こえましたか」

覚悟を決めて、ティグルは訊ねた。

ギネヴィアはうなずく。彼女も猫の王についてはティグルから聞き、承知している数少ないひとりであった。ティグルの口ぶりから、その介入について気づいたのだろう。

「やはり、ティグルヴルムド卿は英雄なのですね。猫の王に認められた英雄。おとぎ話にある、真の王の素質を持つ者」

「俺を過剰に持ち上げるのはおやめください」

「私は過剰と思いませんし、騎士たちも私に同意するでしょう。ですがティグルヴルムド卿がそう望まないのでしたら、このことは私の胸のなかに秘しておきます。余計なことを言う者が現れるかもしれませんから」

「それは……ええ、ありがとうございます」

真の王の素質など、ティグルにはいらなかった。そんなものがあると明言されてしまえば、このアスヴァール島の王位を巡る戦いはいっそう面倒なことになる。

かつてティグルが欲しかったのは、ブリューヌの片田舎の伯爵領ひとつと女ひとりを守ることができる程度の力だけだった。今は少し事情が違うものの、その本質はおおきく変わっていない、はずだ。

「ティグルヴルムド卿、リネットについてご存じのことを、私にもわかるようにお話ししていただけますか」

「俺もきちんと理解しているわけではありませんし、そもそも夢と現のどちらが真か判断がつかない部分もあります。それでもよければ」

そう前置きして、ティグルはリネットには口止めされていたことも含め、あの夜明けの出来事を語った。

リムが「だからあのとき、ティグルヴルムド卿は寝ながら笑っていたのですね」と呟く。どうやら寝顔をみられていたようだ。なにかへんなことを言っていなかっただろうか、今更ながら不安になってきた。

「なるほど」

とティグルが語り終えたあと、ギネヴィアはため息をつく。

「なるほど、なるほど、なるほど」

口もとに手を当てて何度もそう呟く様子は、リネットととてもよく似ていた。親友同士だなと思う。今になって、ふたりのこんな共通点に気づくとは。

「わかりました。私は己ができることを精一杯やるとしましょう。あの子のおかげで、この戦の終わらせ方がわかりました」

「終わらせ方、とはどういう意味でしょうか」

リムが訊ねた。

「敵の軍勢を打ち破り、アルトリウスを名乗る者からコルチェスターを奪還して、それで終わりとはいかないということです。我々にとって真の勝利とはなにか。それは、彼らが蘇った理由とも深くかかわって来るのでしょう。なによりも悪しき精霊マーリンの思惑を把握し、それを潰すことが肝要。さもなくば火種が残り、いつの日かまた災禍が蘇ることでしょう」

「悪しき精霊の思惑、ですか」

悪しき精霊マーリン。アルトリウスが復活した経緯にも関わっているであろう、善き精霊の弟にして善き精霊と敵対するもの。ティグルが彼女から力を与えられた理由も、リムが湖の精霊から双紋剣を授かった理由も、そこに帰結すると思われた。

だが精霊の思惑を潰すとは、おおきく出たものだ。

「精霊の力を、私たちはよく知っています」

ギネヴィアは語る。半精霊モードレッドが暴れたとき、彼女もあの場にいた。山の頂を削りとるほどの竜巻となって暴走したモードレッドと、それを鎮めるため、モードレッド以上の力をもって介入した精霊たち。

それはまるで神話のような、あまりにも常軌を逸した力と力のぶつかり合い、まさしく天災そのものであった。悪しき精霊マーリンもあれと同等の力の持ち主であると仮定するなら、サーシャのように不意を討って手傷を負わせる以外で、どうやって対抗することができるのだろうか。

「ですが私たちには、神器があります。リムアリーシャ殿、双紋剣をみせて頂けますか」

ギネヴィアの要請に、リムは腰に差していた小剣を引き抜き、片方ずつ両手で恭しく差し出した。ギネヴィアは一本ずつ受けとると、青い刀身、続いて赤い刀身を、なにかを確かめるようにじっくりと眺める。

「殿下、いかがしましたか?」

「始祖アルトリウスがこの武器を使っていたのなら、私でも、と思ったのですが……どうやら

この剣に選ばれたのは、あくまでリムアリーシャ殿、あなたひとりのようですね」

ギネヴィアはリムに武器を返す。

「ともあれ、この花の乙女の杖(ヴロダヴィズ)、その双紋剣、そして幾多の強敵を仕留めてきたティグルヴルムド卿の黒弓。ヴァレンティナ殿に協力していただけるなら、エザンディスも」

この件については再度、ヴァレンティナと話をしなければいけないなとティグルは思う。

彼女はアルトリウスの一撃をかろうじてかわしたものの、エザンディスの力で転移する直前、その剣の余波を受けて負傷し、傷を癒やすため近くの町で療養中であるとのことだった。この野営地ではできることも限られてくる。

「それだけではありませんね」

ギネヴィアはふと思い出したように天幕の奥へ赴くと、なにかを持ってテーブルに戻ってきた。剣だ。その手には銀色の刃を持つ剣がある。

見覚えがあった。ティグルとリムが高原地方で倒した強敵、ランスロットの鎧の一部だ。ティグルたちはこれを持ち帰り、ギネヴィアに献上していたものである。

「ランスロット卿の武器。そういえば、これも神器でした」

リムが言う。

「ですが、これを上手く使うことができる者は……」

試しにと腕の立つ騎士に握って貰ったところ、銀の剣はなんの特殊な力も発揮せず、ただおそろしく硬い武器というだけであったのだ。

　もちろん硬いというだけでも役に立つものではあるのだが、ティグルたちはその真価をよく知っている。ランスロット卿が使用したとき、それは三つに割れて各々が意志を持つように動き、ティグルたちを追い詰めた。

　それは過去の光景において、他の攻撃でいっさい傷つかないアルトリウスを負傷させた、おそるべき力でもあった。

「この剣はアルトリウスに通じるんだ」

　ティグルは気づく。ティグルの黒弓の一撃すらも通じなかったアルトリウスだが、過去の光景においてただ一度、傷を受けた場面がランスロットとの戦いであったのだ。

　なぜ彼は、あのときだけ傷を受けたのか。

　高原で顔を合わせたアルトリウスは、なんと言っていたか。

　褒美と言って、ランスロット卿の装備をティグルたちに渡したのはなぜなのか。

　そして、リネットが残した言葉。ゲームのルール。ティグルはランタンの明かりを浴びて銀色に輝く剣の刃をじっとみつめた。なにかが掴める気がする。あと少しで、大切なことに気づけるような感覚を覚えている。

　狩りのとき、今しかないと理解できる、あの直感が、嗅覚のようなものが働いている。

「そうか」

唐突に、目の前の厚い霧が強い風に吹き飛ばされたような気がした。霧の向こうには澄んだ青空があった。どこまでも透明で、ずっと遠くまで続いている、無限の蒼穹がみえたのである。すべては、たったひとつの真実を指し示していた。

「殿下。ひとつお願いがあります」

ティグルはその場で頼みごとをした。リムが「無茶が過ぎます」と苦言を呈した。ギネヴィアは少し困惑したものの、「やってみましょう」と決意のこもった表情でうなずく。

結論からいうと、それは可能だった。

ただし、この手が本当にアルトリウスに通じるかどうかは未知数である。ましてや悪しき精霊マーリンが相手ともなれば……。

「リネットはゲームも得意でしたね」

昔を懐かしむようにギネヴィアは言う。

「特にカードを用いたゲームが好きでした。昔はここにあるような焼き菓子を賭けて、よく遊んだものです。たいていはリネットに残らず巻き上げられ、そのあと慈悲深いあの子は私に菓子を恵んでくれたものです」

均質の木製カードを用いたゲームは貴族のサロンでも嗜(たしな)まれる。ただし、若い女性が遊ぶのはいささか品がないものとして扱われていた。ギネヴィアもリネットも、共にそのゲームを遊んでくれる者などいなかっただろう。

「そのときにリネットが言っていました。ああしたゲームのコツは、切り札を確保し、適切なタイミングでそれを切っていくことであると。そして切り札は、ひとつでは弱い。複数の切り札を取捨選択できて初めて、相手より優位に立ったと言えるのであると」

「切り札を複数、か。現状だと難しいな」

とはいえ言っていることは正しいとティグルも思う。切り札を増やす努力はするべきだ。ひとまずの心当たりといえば、やはり善き精霊モルガンか、猫の王ケットであろう。

「善き精霊や猫の王に関してはティグルヴルムド卿に一任いたします。私の方でも、なにか考えておきましょう。リネットが申したとおっしゃる通り、過去の伝承の洗い出しに関しても、適切な者にやらせてみます」

人手を集めてやらせる類いのことであれば、丸投げが正解だろう。適材適所だ。

「リム、君にも頼みたいことがある」

「私に、ですか」

「俺たちは、ずっとアスヴァールにはいられない。ことが終われば、いずれはこの地を去る人間だ。リネット様の言葉を改めて考えてみて、それから餓狼隊との戦いもあって、今後について考えたんだが……」

ティグルは胸のうちを語った。

リムは最初、少し戸惑っていたが、次第にティグルの言葉の意味を理解した様子で、話の途

中でなんど か首肯する。

「あとは……」

ティグルは許可を求めてギネヴィアの方を向いた。

「私は、おふたりに心から、この地に残って頂きたいと思っております。末永く私を支えて頂きたいと思っております。そのための障害は、いかなるものであっても排除すると約束いたしましょう」

「もったいないお言葉です、殿下。それでも、なのです」

ギネヴィアはため息をつく。

しばし熟考のすえ、うなずいた。

「であれば、私はティグルヴルムド卿の提案を受け入れましょう」

†

かくして、各人が動き出した。

すべてはこの戦乱を終わらせるために。そして戦乱のあとに、よりよい未来を生み出すために。

そこにあったのは、ただ純粋な願いだった。

このような不幸な物語を二度と起こさないために、あるべきものをあるように戻す。いや、以前よりも強固なものとして確立する。

アスヴァールのために。

ゆくゆくは、この大地に暮らすすべての人々のために。

きっとそれこそがリネットの望んだことであると、ティグルはそう強く信じた。

第2話　両軍集結

コルチェスターの王宮の一角、最低限の調度が置かれた客室のひとつ。

窓から朝日が差し込む時刻、サーシャは目を醒ますとベッドから身を起こした。身体がきしむような痛みが襲ってくる。呻(うめ)き声をこらえて、苦痛を無視して、水差しに手を伸ばす。ひどい眩暈を覚えた。腕が重い。水差しを床に落としてしまった。ガラスが割れる音がする。

「アレクサンドラ様！」

侍女が飛び込んできた。

円卓の騎士アレクサンドラは、親しい者にはサーシャと呼ばれている。

ジスタートの戦姫として活躍したが、若くして病により一度は死んだ。

その後、悪しき精霊(アンシーリーコート)マーリンの聖杯の力によって蘇った彼女は、精霊誓約に従いアルトリウスのもとで戦った。マーリンには彼の思惑があるようだったが、彼女は健康な身体で二度目の生を謳歌(おうか)できるだけで充分だった。無邪気に、そう喜んでいたのだ。

いや、無邪気に喜んでいると自分を偽っていたのだろう。

あの日、死の床につく直前、悪しき精霊と出会ったときのことである。

突如としてベッドのそばに現れた、いっけんただの緑髪の子どもにみえる存在が、なにか邪悪な目的をもって己に近づいたことには薄々気づいていた。自分がいつか、彼の邪なくわだての片棒を担がせられるだろうことにも。

長い病との戦いの果て、いささか気が弱っていたのだろう、というのはなんの言い訳にもならない。それでも、最後の瞬間に、思ってしまったのだ。

まだ自分はなにも為していない。

これまでの人生を後悔しないで済むような、最高の戦い。それに身を投じることができるならと願ってしまったのである。

結果、サーシャは蘇り、アルトリウスの部下のひとり、新たな円卓の騎士としてアスヴァールの覇権を巡る戦いに身を投じることとなった。

ところがその地で敵となったのは、かつての旧友エレンの部下であるリムアリーシャであった。サーシャと同じ陣営に属する、弓の王と呼ばれる者が遠く故郷のジスタートで戦姫たちと戦ったことも知った。

今や自分は故郷に対する裏切り者だ。

命だけは得たが、命以外の大切なものはすべて失った。そこまでして得たこの健康な身体である。もっと慎重に動くべきであったのだろう。今度こそ、後悔しない生を送るために努力するべきであったのだろう。

しかし彼女は、高原地方でまたもリムアリーシャと出会ってしまった。

問題は、そのとき悪しき精霊マーリンが誓約の履行を要求したことである。悪しき精霊はサーシャの身体を操り、リムアリーシャやその相棒であるティグルヴルムド卿を襲わせたのであった。

サーシャは激怒した。自分の身体を勝手に使って、意に染まぬことをさせようとする。サーシャが欲しかったのは自由な身体であった。その約束を反故にされた、と憤った。

幸いというべきか、どうか。

リムアリーシャの持つ神器、双紋剣には秘めたる力があった。サーシャは双紋剣によって傷を受けることで、ほんの少しだけ己の意志で身体を動かせるようになったことに気づいたのである。

彼女はそのことをマーリンに隠して、リムアリーシャと戦いながら機会を窺った。ほんの少しでは駄目だった。反逆するなら、一撃で相手を仕留めなければならないと、直感でそう悟っていた。

結果から言えば、それは半分だけ成功した。

リムアリーシャからさらなる一撃を受けて、わずかな間だけ己の身体の自由をとり戻したサーシャは、不意を突いてマーリンに深手を与えた。だが仕留めるまでには至らず、彼は手の届かないどこかに姿を消した。

悪しき精霊は雌伏し、己の傷を癒やすことに専念しているのだろう。

精霊誓約の相手であるマーリンが消えれば、サーシャのみならずアルトリウスも不本意な戦いに身を投じる必要はなくなるはずだった。本来のアルトリウス復活の目的である魔物討伐に専念できるはずだった。

しかし、未だ精霊誓約は有効である。おかげでアルトリウスはギネヴィア派の使者として赴いた少女を、ただ精霊の血が濃いからというだけで斬り捨てることになった。それがアルトリウスとマーリンの誓約だったのだから。

アルトリウスは、マーリン以外の精霊の血を絶やすという取り引きを受け入れ、聖杯を与えられたのだ。

なぜマーリンがそこに固執するのか、薄々想像はできている。悪しき精霊は、ヒトに対していささか理不尽な憎しみを抱いている節があった。かといってヒトを絶やすことは望んでいないようでもあった。

かつて彼とこんな会話をしたことがある。

「三百年前のアスヴァール島のありようは、あなたにとって今よりも好ましかったのか」

「もちろんだ」

彼は素直に首肯してみせた。

「でも、足りない。あの頃よりももっと昔は、もっとよかった。ヒトは僕らに頼って、僕らはヒトを愛し慈しんだんだ。そんな暮らしがずっと続いていた。でもいつしか、そんな関係が変化してしまったんだよ」

彼の不満は、どうやら精霊とヒトの現状における棲み分けにあるようだった。

「僕はただ、両者の関係をもっと公平にしたいだけなのさ」

彼の言う公平がヒトにとって必ずしも望ましいものではないことは、容易に想像できた。おそらくこの点において、ギネヴィア派とはけっして妥協ができないことも。

今ごろはギネヴィア派も、彼女たちに味方する善き精霊（シーリーコート）とその眷属も、事態とその構造をよく理解したことであろう。

故に、もはや和平は不可能だった。アルトリウス派はギネヴィア派と雌雄を決するほかないのだ。これはどちらかが滅びなければ終わらぬ戦いであった。

そんなときにあってサーシャの身体は、悲鳴をあげていた。リムアリーシャの剣が突き刺さった左肩を中心として、断続的に鋭い痛みがあった。それとは別に、全身を襲う鈍い痛みがある。骨を削られているような、ひどく心をすり減らす苦痛だ。

誓約に逆らった代償であった。逆にいえば、この全身を襲う痛みこそマーリンがまだ無事な印だ。

生前の病魔に冒された身体に戻ってしまったかのように、自由がきかない。

——あれは正しい行いだった。

サーシャに悔いはない。自らの身をもって実証できたことがある。精霊誓約とはどのようなものなのか、どうすればその隙を突けるのか、後に残すことができた。次の者は、もっとうまくやるだろう。

サーシャの現在の主であるアルトリウスならば。

もっともそのためには、まずギネヴィア軍を打ち破る必要がある。充分な準備が必要なのだ。ボールス卿は残念ながら失われてしまったが、まだガラハッド卿が残っていて、アルトリウスの覇道を支えてくれている。

――僕も、その戦場に立ちたかった。

それが残念でならなかった。リムアリーシャと、あんな中途半端なかたちで決闘をしたくなかった。自由な意志のもと、五体満足な身体で、存分に刃を交わしあいたかった。その機会は、おそらく永遠に失われてしまったのである。

だからといってすべてを諦めてしまえるほど、サーシャは往生際がよくはない。幸いにして、今回リムアリーシャの神器によって受けた傷は、前回ほど深くない。ほどなくして治癒するだろう。全身の苦痛も、それを我慢することには慣れている。

なにもかもを失ったわけではない。

そのうえで、なにをするか。なにをすれば、目的に至ることができるのか。

ベッドの上でずっとそれを考える日々であった。身体を動かさなくてもできることはある。

日々、苦痛に呻きながらでも可能な戦いはあるのだ。

——待つのは、得意なんだ。

いざというときまで体力を温存できなければ、生前のサーシャはもっと早く永眠していたことだろう。

そんな状況で、そんな頼りない手札で、それでもゲームのときはやってくる。

もう間もなく、決断のときが来るだろう。

次にサーシャが目を醒ますと、すぐそばで人の気配があった。

侍女のものではない。相手もサーシャが気づいたことがわかったのだろう、男のしわがれた声がした。アルトリウスの声だった。

「陛下」

サーシャは慌てて身を起こそうとする。

「よい。そのまま寝ていろ」

「今日は体調がいいようです」

「だとしても、今は休んでいるがいい。少し顔をみに来ただけだ」

金髪で蒼眼の小柄な青年がベッドのそばに立って、サーシャの顔を覗き込む。

彼の身体には右腕がないが、そのことが覇者たるこの男にとって制約となることはないだろう。サーシャは彼が戦いで傷ついたところをみたことがない。

彼は人と精霊の間に生まれた身であるようだ。

ところが彼は以前、同じような境遇であるモードレッドに対して「ヒトとヒトならざる者の混ざりもの、現世と幽世の狭間に棲む者」と罵ったことをサーシャは知っている。

それはサーシャに向いていたモードレッドの劣情をそらし、自分に注意を向けさせるための煽り言葉にすぎなかったかもしれないが……。

はたしてあのときの彼は、どんな感情を抱いてその言葉を悪しき精霊マーリンの手先に叩きつけたのだろう。

サーシャはアスヴァール人ではない。故に、アルトリウスを誰よりも中立の目で観察することができていると思う。そんな彼女からすると、アスヴァール人たちの信仰を集めるこの始祖の心のなかは、ひどくいびつであるように思えるのだ。

「早馬での報告があった。反徒の軍勢が南進を再開したそうだ」

反徒とは、ギネヴィア派のことだ。コルチェスターを手に入れ正統なるアスヴァールの王位についたアルトリウスにとって、逆らう者は皆、反逆者である。

「こちらも軍を集結させる。魔物とその配下によって多少の消耗は強いられたが、各部隊の応答が迅速であったため、それも最小限であった。ダヴィド公爵は傑出した統率者だ。三百年前にあれほどの人物がいれば、どれほど楽だったことか」

三百年前のことは、折に触れて彼の口から聞いていた。円卓の騎士と謳われる者たちも、その大半は猪のように突進することしかできない輩ばかりであったという。土地は痩せていて、多くの兵を動員できるような力はどの国にもなかった。故にこそ、一騎当千の者たちを運用するだけでアスヴァール島を統一できたのであると。

現在、その方法論は通用しないのだとアルトリウスは語る。この島には、あまりにも人が増えすぎた。精霊や妖精たちは森の奥、山の奥に姿を消した。

現代においては現代の方法論がある。アルトリウス軍においてそれを知るのは戦姫であったサーシャであり、この島の西方に広い領地を持つダヴィド公爵である。

「現在においても、あの方の手腕はたいしたものです。余人には代えがたい。本来であれば、公爵には後方で支援に徹してもらえると助かるのですが……」

「あいにくと、我が軍にそこまでの余裕はない。次の会戦、総指揮はわしが執る」

戦場はコルチェスターの近傍となるだろう。アルトリウスが城に籠もる意味はなかった。

「前線の指揮をガラハッドに任せられればよいのだが……あやつに軍の差配など期待できぬ故、な。具体的な差配はダヴィド公爵の手に委ねることとなろう」

サーシャは思う。自分の体調がもう少しマシなら、軍の指揮はサーシャ自身が執っていただろうな、と。これはうぬぼれではない。彼女とて、生前はジスタートのいち公国を治めていた身である。数千の軍勢を率いたことも、何度かあるのだ。

しかし、ベッドから起きあがるだけで疲労している今のこの身体では、そうもいかないだろう。結局、ダヴィド公爵にすべての負担がいくのはなんとも申し訳ないことだ。

大陸側の人材が使えればいいのだが、あちらは本島以上に影法師の災禍(さいか)が深刻で、立て直しには時間がかかるだろうとのことであった。

ギネヴィア派もそれがわかっているが故に、拙速な進軍再開を選んだのだろう。

時間はアルトリウスの有利に働く。だが彼に、遅滞作戦を講じる気はないようだった。

次の一戦で必ずや決着をつけると決めている。内乱が続けば民が疲弊するというのもあるだろう。

その場に己が立つことができないのは、無念の限りであった。

「サーシャよ。マーリンの出鼻をくじき、暗躍を阻止しただけでもその功、一等である。おかげで後顧の憂いなく、わし自らが出陣できるのだ」

アルトリウスがコルチェスターに籠もっていた第一の理由は、マーリンに対する警戒であるという話だ。理屈はさっぱりであるが、アルトリウスがその前提で動いているということは、たしかにそうなのだろう。コルチェスターは古い都市で、アルトリウスがこの国をつくったときから存在する。なんらかの仕掛けが存在する可能性はあった。

精霊や妖精の理はサーシャには理解できない。ただ、なんらかの理があって彼らが活動している、ということだけは知っていた。その前提で動くなら、どうすればいいのかも。

「この戦に勝利し、人心を獲得したうえで残りの魔物を狩る。魔物はいずれ蘇るが、それに対する備えを万全とする。それができてはじめて、ヒトの世に千年の平和が訪れるのだ」

あまりにも遠大な計画であった。この地の陰で蠢くものたちを白日のもとに晒し、二度と暗躍できぬようにする。それができるのは、たしかに目の前の人物だけであろう。

魔物などと、ただの王が言ったところで誰が信じるものか。しかしそれが始祖アルトリウスであれば話は異なる。彼の言葉には、それだけの力があるのだ。

ヒトの世の認識を転換させるだけの力が。

アルトリウスがサーシャの額に左手を伸ばす。がっしりした掌が、男の熱が乗る。なにかが頭のなかに流れ込んできて、サーシャは呻いた。だが続いて、身体中にまとわりついていた苦痛の波がみるみる退いていく。

左手が離れる。サーシャはきょとんとして目の前の主をみあげた。

「その身の呪詛をわずかばかりだが、消し去った。少しは楽になればよいのだが」

「え、ええ。今なら剣を振るうこともできそうです」

戸惑いながらも半身を起こす。今や身体にはほとんど痛みがない。ただ、全身を襲う気だるい感覚がある。

「陛下……」

眠気が、怒涛のように押し寄せてきた。懸命にこらえて、枕もとに置いていた、ふた振りの小柄な剣を差し出す。今は鞘に収められているその刀身は赤黒い。目の前の人物から彼女に与えられた神器であった。

「これを。今は陛下がお使いになるべきです」

「わかった、受け取ろう」

アルトリウスは左手で双剣の片方だけを受けとる。

「わしには、これ一本だけでいい」

「はい」

「無理をするな。命ずる、よく眠れ」

アルトリウスはきびすを返して部屋を出る。侍女が深く頭を下げて、それを見送った。

サーシャはおおきく息を吐きだし、残った一本の小剣をふたたび枕もとに置くとベッドに横になる。

ひさしぶりに、苦痛のない眠りに入れそうだった。またたく間に意識が落ちる。


その日は、夢をみた。

親友のエレンとのんびり馬の轡を並べて旅をする夢だった。南へ行こうか、東へ行こうか、今の自分たちなら地平線のかなたまでどこまでも行けるのだと笑いあった。

これから先は、誰かのためではなく、己のために生きるのだと、語り合った。

ずっとずっと、その刹那のひとときが続く。

幸せな夢だった。


リーシャは涙を流した。

†

ティグルは負傷したヴァレンティナの見舞いに赴いた。

陣中ではなく近くの町で療養中だった彼女は、小綺麗な診療所の一室で傷を癒やしている。

「よく来てくださいました、ティグルヴルムド卿。ぶざまなありさまをみせて、本当に申し訳ございません」

ヴァレンティナはベッドから半身を起こし、彼を出迎えた。顔色は悪いが、アルトリウスから受けた傷のほうはたいしたことがないと気丈に振る舞っていた。

「使者の護衛として赴きながらなにもできず逃げ帰ったこの汚名、戦働きで晴らしてみせましょう」

いつになく強い言葉で、彼女はそう語るのだった。リネットを守れなかった屈辱に震えている様子は、こればかりは演技ではないと思えてならない。

リムを連れてこなかったのが功を奏し、本音で語ってくれているのかもしれなかった。

「次の戦い、敵軍は必ずやアルトリウス自身が出てくる。ヴァレンティナ殿が手伝ってくれるなら、このうえなく心強いことだ」

ティグルも本心からそう告げる。

「ガラハッド卿も出てくるだろう。ひょっとするとアレクサンドラ殿も。俺とリムアリーシャ殿だけでは手に余る」

「アレクサンドラは、来ないと思いますよ」

ヴァレンティナはこともなげに告げた。もしそれが本当なら重要な情報だ。

「コルチェスターで少し情報を集めたのです。円卓の騎士アレクサンドラはいずこかで負傷し療養しているという噂が流れておりました。それは真実なのでしょう。さもなくば我々が王宮に入ったとき、私に対して探りを入れるため顔のひとつもみせたに違いありません」

「高原地方での傷か」

西の高原地方でサーシャと共闘した一件については、彼女にも説明してある。

「ええ、そこでティグルヴルムド卿とリムアリーシャ殿がアレクサンドラと手を携え魔物ストリゴイと戦い勝利したこと、その後にアレクサンドラが悪しき精霊マーリンに操られあなた方と戦ったこと、リムアリーシャ殿の神器によって、アレクサンドラは理性をとり戻し、悪しき精霊に抗(あらが)ったこと……」

ヴァレンティナはため息をつく。

「彼女はティグルヴルムド卿とリムアリーシャ殿を悪しき精霊の手から守った結果、次の戦いに参加できない。それはギネヴィア派にとって喜ばしいことです。私としましても、彼女と正面から戦うことなど考えたくもございません。正直に申しまして、もし彼女が次の戦いに参戦するのなら、私は理由をつけてジスタートに逃げ帰りたいほどです」

「それほどか」

ティグルは思わず苦笑いした。あまりにも率直な言葉であった。だが実際にサーシャの剣技をみて、肩を並べて戦ってみて、その懸念はよく理解できてしまう。

「我々ジスタートの者にとっては、それほどのことなのです。ですから、リムアリーシャ殿がアレクサンドラに一撃を浴びせたと聞いたとき、私は耳を疑いました。さすがにあの場で顔に出すわけにはいきませんでしたが……」

あのときはリムも、リネットもその場にいた。ヴァレンティナは艶やかな黒髪を撫でて窓の外を眺める。晴天のもと、はぐれ雲が漂っていた。

「リムアリーシャ殿はたいそう成長なされたのですね。素直に賞賛いたしたいところです。同時に、いささか悔しい気持ちがあります」

「運もあったし、不意を突けたのもあるし、なによりマーリンの介入をアレクサンドラ殿自身が厭(いと)っていた。すべてがかみ合ったからだと思う。次に同じことをしろと言われても無理だ、と彼女自身も言っていた」

「で、ありましょうが、それでも……なのです。我々ジスタートの戦姫にとって、アレクサンドラとはそれほどの高みであったのです」

実際に彼女の力を敵としても味方としても体感してみて、ティグルもある程度はそれを理解しているつもりだ。円卓の騎士たちよりも強い気がする。次の戦いで彼女が出てくるかどうかでおおきく戦術が変化してしまうほどに、それはおおきな要素であった。

だからこそ、ここでヴァレンティナと認識をすり合わせることは必要であった。共闘する以上、彼女もまたギネヴィア軍の戦略を共有していなければならない。

そこに齟齬があれば、ひょっとしたら致命的な事態を招く恐れがあった。独断である。ギネヴィアとリムにはあとで謝罪するとしよう。

「アレクサンドラ殿は左肩にリムアリーシャ殿の双紋剣の一撃を受けた。蘇った者に双紋剣の傷はたいそう堪える様子なんだ。それ以上に、彼女は精霊誓約の相手であるマーリンに反逆したんだ。モードレッドのとき、あのガラハッドですら逆らえなかった。それほどの力があるものを無理に打ち破って、無事ではすまないような気がする。それでもアレクサンドラ殿は、悪しき精霊に逆らい、一撃を加えた」

「悪しき精霊マーリン。我々が真に打ち破るべきもの、ですか」

「この島を覆う災禍だ。あなたにとっては関係のない存在かもしれない。でも、悪しき精霊を打倒しなければ、この島に平和は訪れない気がすると……これは殿下のお考えで、俺もそう思う。だから、ヴァレンティナ殿。どうか俺たちと共に、悪しき精霊とも戦って欲しい」

「ティグルヴルムド卿の誠意は伝わりました。たいへん好ましく感じております」

ヴァレンティナは考え込むように診療所の天井をみあげた。

「お気づきの通り、私は策謀家です。人を騙し、虚を実とし、実を虚とする術に長けた者と自負しておりました」

ティグルは黙って彼女の言葉を聞いた。今、自分が口をはさむべきではない気がした。

「ですが、この一件については、なんの策謀もなく、なんの虚偽もなく、ただ純粋にひとりの武辺者として参加いたしましょう。これは、私が守れなかったあの方に対する敬意と、あなたとあなたの周囲の人々に対する友誼、そしてギネヴィア殿下に対する敬愛の念。そしてなにより、我らヒトがヒトたるべきものとして、ヒトであらんと信じるものの一員としての義務がある故のものと捉えていただければ幸いです」

「ヒトとしての義務、か……」

「魔物ストリゴイの影法師。あれをみて、実感したのです。世にはヒトに対して純粋な害でしかない存在があるのだと。それらはときに虚言を弄して我らを利用して来るものの、真実のところでは絶対に相容れない存在であるのだということも」

リネットが推察していたことをティグルは思い出す。ヴァレンティナ、目の前の女性は以前から魔物の存在を知り、ことによると取り引きすらしていたのではないか、と彼女は言っていた。故に充分注意するようにとも。

だからこそ、今の言葉の裏にある彼女の思惑についてティグルは正確に理解することができた。彼女の後悔と、新たな信念の強さもまた。

今の彼女なら信じられると、そう思った。

「ヴァレンティナ殿。もうひとつ、お願いがある」

善き精霊モルガンに告げられた言葉を思い出す。ティグルの持つ黒弓と戦姫の持つ竜具の間にはなんらかの繋がりがあり、両者が揃うことで黒弓の力をいっそう引き出すことができると彼女は言っていた。

この両者にどんな関係があるのか、ティグルにはさっぱりわからない。ティグルの祖先が黒弓をどこで手に入れたのかはさっぱりであるし、これまでの手がかりからも、ジスタートや竜具とはなんの繋がりもないはずだ。

とはいえ、ほかならぬこれまでティグルを導いてくれた存在の言葉である。そして今、この島にいる戦姫は彼女、大鎌エザンディスの持ち主であるヴァレンティナだけであった。

「私に、ですか」

「俺の弓とあなたの大鎌の力を合わせることで、より強大な力を引き出せる可能性がある。つき合って貰えるだろうか」

ヴァレンティナはきょとんとした顔になる。本心から、小首をかしげてみせる。無理もなかった。だがそれでも、ティグルはここで実験しておきたかった。なにもかもぶっつけ本番ではいけない。

「よくわかりませんが……そういうことでしたら、ええ。これからでよろしいですか。私もそろそろここを出るつもりであったのです」

願ってもないことであった。

†

しばしののち。

ティグルとヴァレンティナは、馬に乗って町から離れた草原にやってきていた。

ここまでヴァレンティナを観察する限り、彼女の体調は自身の言う通り、順調に回復している様子で、馬を乗りこなすありさまも堂々としている。

危惧していたような後遺症もなさそうだ。なにせ、ほんのわずかとはいえあのアルトリウスと刃を交えたのである。無事に生き残っているだけでもたいしたものであった。

かなり町から離れた。最寄りの集落も地平線の彼方だ。

「ここまで来れば、なにかあっても住民に迷惑はかからない」

ティグルはそう言って馬を下りた。ヴァレンティナが続く。

「黒竜の僕の力を借りろ、と善き精霊モルガンは言った。この島に来ているから、と。あなた方ジスタート人にとって黒竜と言えば建国の始祖で王家の象徴だ。戦姫は代々の王家に仕える存在。善き精霊の言葉は、あなたのことを言っていると思って間違いじゃないと思うんだが……どうだろう」

「まず、ティグルヴルムド卿。あなたが精霊となんども言葉を交わしているという時点で驚愕すべきことです。あなたやアスヴァールの人々にとってはいまさらなのかもしれませんが、少なくともジスタートにおいては、ヒトならざるモノとの交流など物語のなかの出来事でありますこと、よくご承知ください」

「心配しなくても、このアスヴァールでだって、なんなら俺の故郷のブリューヌでだって、精霊や妖精なんて物語のなかの出来事だ。神々と同じ、人には姿をみせぬ者たち。皆がそう思っていた。でも、そうではなかった」

彼らは実際に言葉を交わすことができる存在であり、相互理解が可能である者たちであるとティグルは思う。ただし、彼らの認識する世界は必ずしもティグルたちヒトが認識するそれと同じではない。ひょっとしたら、ティグルは相手の言葉を理解していると思っているだけで、とんでもない勘違いをしている可能性もある。

「なんどお聞きしても、容易には受け入れがたい事実です。影法師などという化け物の襲来をこの目にしなければ、とうてい納得できなかったことです。今となっては、あれも夢か幻のように思えてしまいますが……」

ヴァレンティナは手綱を放し、己の手をじっとみつめた。

「ですが、あれは現実でした。あれによって失われたものはあまりにも多いのです。私自身が影法師を切って捨てたときの感触も、未だにこの両手に残っております。私はティグルヴルムド卿の話を信じましょう。物語は現実に存在したのです。我々は、想像していたよりずっと物語のなかに近い大地に生きているのでしょう」

「納得してくれたなら、幸いだ。これから先の話は、ある意味でもっと胡乱なのだから」

胡乱、と言われてヴァレンティナが呆れ顔になる。

とはいえ仕方がないではないか。黒弓と竜具にどんな関係があるのか、ティグルだってろくに知らないのである。モルガンの指摘がなければ考えもしなかった組み合わせだ。

「この黒弓と、あなたの大鎌を使う」

「具体的に、このエザンディスをどう使おうというのですか」

「それが、わからない」

ヴァレンティナは、ますます呆れ顔になる。

「正直は美徳と申しますが、ティグルヴルムド卿、ものごとには限度というものがございますよ」

「俺も、ちょうどそれを考えていたところだよ。でも本当にさっぱりなんだ。こうして両者を近づければ、なにかわかるかと思ったんだが……」

ティグルは黒弓を大鎌に寄せてみた。

「なにか、そちら側で変化は？」

「ございませんね」

戦姫は竜具の声を聞くという。あちら側から、なにか指南があればと虫のいいことを考えていた。無理らしい。

「やっぱりか。殿下の持つ花の乙女の杖(ヴロダヴィイズ)やリムの双紋剣も、ただ近づけただけじゃなにも起こらなかったけど、竜具ならと思ったんだ」

「その口ぶりですと、ティグルヴルムド卿、一度は花の乙女の杖や双紋剣が黒弓と反応したということなのでしょうか」

聞いてない、とヴァレンティナ。

「隠していたわけじゃないんだ」

そういえば言い忘れていたように思う。

「一度目は、弓の王を名乗る者と戦ったときだ。花の乙女の杖から黒弓に力が流れこんだ。次は円卓の騎士パーシバルと戦ったときで、花の乙女の杖と双紋剣が黒弓に力を貸してくれた。このときは彼方の山の頂(いただき)が吹き飛ぶほどの威力が出た」

「それは意図的に発動できたのですか」

「いや、なんとなく、それができるような気がして、やってみたらできた。そうしなければ、こちらがやられていた。今にして思えば、危機に瀕したからこそ黒弓とほかの神器との間の特別な繋がりが機能したのかもしれない」

それらの機能は誰に教えられずとも、自然に使うことができたのだ。ならばエザンディスも同様であると考えた場合……いやしかし、危機的な状況に陥ってから初めて使えるとなるとこれはあまりにも不安定すぎる。とうてい戦術として活用できるものではない。

「ぶっつけ本番でいい、なんて考えじゃ『愚か者の仕草ですね』ってリネット様に叱られる気がするんだよ」

「いかにも、彼女なら遠慮なく、そのような言葉で罵るでしょうね」

ヴァレンティナは、くすりとした。自然な笑いだったように思う。

「彼女の教えは、ティグルヴルムド卿、あなたのなかで生きているということです。それは素晴らしいことだと、私は思います」

「でも、具体的にどうしたらいいか、そこまではわからないんだ。情けない限りだよ」

「残念ですが、今回のことに関してはよい知恵をお貸しできる気がしません。私も、この竜具の声がなんとなく理解できるだけなのですから」

「その竜具は、なにか言ってないのか」

「ティグルヴルムド卿はリムアリーシャ殿からある程度のことを聞き知っていると思いますが、竜具の声とはそう具体的なものではないのです。どうやら花の乙女の杖や双紋剣よりは強い声であるように思うのですが……」

やはり、そういうものなのか。戦姫から具体的にその話を聞くのはティグルも初めてであった。リムを連れてくるべきかとも思ったが、目の前の女性とリムとの相性はすこぶる悪い。どちらかがへそを曲げてしまうだろうことは、容易に想像がついた。

ギネヴィア殿下については、そもそも殿下をこんなところに連れてくるという考えが不遜すぎて考えつきもしなかったというのが正直なところだ。

実際のところ、これまでその殿下を山奥に連れていったり、決闘に同行してもらったりとさんざんに利用している。

とはいえ、それはそれ、これはこれだ。

「とりあえず、やるだけやってみるか」

ティグルは黒弓に矢をつがえた。遠く二百アルシン（約二百メートル）は離れた岩に狙いをつけ、射る。矢は見事、岩に命中し……。

しかし硬い岩によって鏃が砕け、矢はぽとりと地面に落ちた。当然だ。なんの特別な力も込めていない一矢である。

「次は、精霊の力を込めてみる」

ティグルは善き精霊モルガンに祈った。左手の小指にはまった緑の髪の指輪が淡い緑色に輝く。呼応して黒弓につがえた矢が緑の輝きに包まれた。矢を放つ。

放物線を描いて飛翔した矢は、岩に突き刺さり、激しい爆発を起こした。爆風と粉々に砕かれた岩の欠片はティグルたちのもとまで届き、ティグルとヴァレンティナは顔の前に掌を掲げて礫から身を守った。ティグルはおおきく息を吐きだす。

「これくらいなら、たいした疲労もないんだ」

「これほどの一撃をなんども放てるとなると、戦に用いれば戦術が変わるほどの兵器でありましょう。無論、竜具とて、けっしてこの一撃に劣るものではありませんが……」

ティグルとて、戦姫のひとりであるエレンの竜具の力は目の当たりにしたことがある。ヴァレンティナの言葉の通り、竜具の力はけっして黒弓に劣るものではない。

「エザンディスの能力はあまり乱用できない、だったか」

「ええ。かなりの疲労を伴います」

ティグルはヴァレンティナの目をじっと覗き込む。ヴァレンティナは微笑みを返してきた。平然としている。それが本当なのか、嘘なのか、彼ではさっぱりわからない。

リネットは、エザンディスの能力による疲労は嘘であると断じた。

それが本当だとしても、ここで追及するのは得策ではないだろう。ヴァレンティナは己を守る意味でも、エザンディスの能力を過少報告しているのだ。一瞬で遠くまで飛べる力など、少し考えるだけでも悪用方法が多すぎる。

ティグルの黒弓が戦術を変えるほどの力なら、エザンディスの能力は戦略を変えてしまう。ひょっとしたら、政治すら変えてしまうほどのとんでもない力であった。その行使に慎重になるのも、当然といえば当然である。

故にジスタート王に対しても、彼女は己の竜具の能力を過少に申告し、さらに身体が弱いためと理由をつけてなにかとその力を出し渋っていたのだろう、とリムは推測していた。

他の公国からみれば、彼女だけ戦姫としての、公主としての義務を放棄しているようなもので、それはリムやエレンが腹立たしく思うのも道理であろう。実に難しい問題だ。

——俺だったら、そこまで抵抗できない。

辺境の伯爵家に生まれ、貴族たちの力関係のなかで翻弄される父親をみてきたティグルとしては、目の前の女性がのらりくらりと相手の要求を断る様子をリムから聞いて、むしろ感嘆すら覚えたものである。

当然ながら、兵を連れて戦争に行けば領地は消耗する。彼女が公主を務めるオステローデ公国はジスタートでも北方で、あまり豊かではない土地であるとのことだ。ティグルとしてはそのあたりもアルサスを連想させ、親しみが湧いた。

己の領地を守るためなら偽りの病に冒されたとすら言ってのけるその態度は、貧しい公国を預かる者としては正しいのかもしれない。

無論、そんなこと、リムにはとうてい言えないことではあるが……。

「エザンディスに触れていいか」

「どうぞ」

ヴァレンティナはなんのためらいもなく、ティグルに己の大鎌を差し出してくる。少し驚いて彼女をみた。ヴァレンティナは微笑む。

「ティグルヴルムド卿はリムアリーシャ殿とたいそう親しいご様子です。竜具は、持ち主が呼べば一瞬でその手に戻って来るとご存じでしょう？」

「聞いている。本来は秘するべきもの、なんだよな」

「他国の王と謁見するとき、捕虜となったとき、この情報を隠蔽することで戦姫のできることはだいぶ変わります。ましてや私のエザンディスの能力です。よほど用心しなければ、私は対策の非常に困難な暗殺者とみなされましょう」

本来はジスタートの重要な秘密を開示してもらっているだけでも特別なのだ、ということである。ティグルは改めて、そのことを肝に銘じておこうと思った。

受け取った大鎌をしげしげと眺め、黒弓と接触させてみる。

はたして、黒弓からも大鎌からもなんの反応も得られなかった。大鎌に対して心のなかで語りかけてみたり、黒弓に頼んでみたりと四苦八苦する様子を、ヴァレンティナが心なしか楽しそうに眺めていることに気づく。

少し恥ずかしい。なんの成果もなく大鎌を返し、ティグルは後ろ頭を掻いて己の無力を謝罪した。

「謝る必要はございません。私も、この件については興味を惹かれているのです。ほかならぬ善き精霊が告げたことに、なんの意味もないとは思えません」

「たしかに、これまでモルガンの言葉に意味がなかったことは一度もなかった」

黒弓の力を引き出したときのように、やはり緊急時でなければ手を貸してくれないような、なにかティグルたちがまだ満たしていない条件が存在するということなのだろうか。

いや、とくじけそうになりそうな心を鼓舞する。

それでは駄目なのだ。次の戦いにかかるものは、あまりにもおおきい。必ずや勝利を手にしなければならない。

そのために、いくつもの切り札を用意してきた。そこにもう一枚、善き精霊が示唆したこれを積み重ねること。それが、ティグルたちの目的を果たすためには絶対に必要なのだと、彼の鋭い直感がそう告げているのであった。

ならば不退転である。

「頼む、弓よ。俺に力を貸してくれ」

ティグルはもういちど、黒弓に矢をつがえた。目をつぶり、脳裏にアルトリウスの姿を思い浮かべる。なんとしても倒さなければならぬ敵だ。これまでの力では打倒が困難な相手だ。リネットを殺した相手だ。

ギネヴィア、ブリダイン公、メニオ……そしてリム。彼を打倒しなければ、ティグルの大切な人々が失われる。

名も知らぬ誰かの、女の囁き声が聞こえたような気がした。

遠く遠く、天でも地でもないどこかから届くその声は、ひとつのようでいて、みっつの音が重なっていた。不思議な響きであった。この世のものとはとうてい思えぬ音であった。

その声が、承諾の意を示しているのだとティグルは確信した。

今こそティグルの願いは聞き届けられたのだ。

草原のかなたに鏃を向けて、弓弦を引き絞る。

「これは……」

ヴァレンティナが驚きの声をあげる。ティグルは黒弓に力が集まってくる気配を感じた。これは緑の髪の指輪を通したものではないと、感覚で理解できる。どこから来た力なのか？　目を開けなくても自明である。

「ヴァレンティナ殿」

「ええ、やってみせてください、ティグルヴルムド卿」

ティグルは矢を放つ。同時に、目を開いた。光輝を帯びた矢は遠く遠く地平線の彼方へ飛んでいき、空中でひときわ派手な爆発を起こした。

「これが、竜具と黒弓の力」

ヴァレンティナが、驚愕に目をおおきく見開いている。ティグルも驚いていたが、同時に全身を襲う強い倦怠感も覚えていた。目を開けていられなくなるほどの激しい疲労だ。その身が、ふらりとよろける。そばにいたヴァレンティナが、慌てて彼を抱きかかえてくれた。

「すまない」

慌てて離れようとするティグルに、ヴァレンティナは笑って気にしないよう告げる。

「たいそうお疲れのようですね」

「緑の髪の指輪の全力どころじゃない、これはとびきりにキツいな。そっちはだいじょうぶか」

「ええ、私の方は、特段。ですが、エザンディスからそちらの弓に力が流れこんだ様子は確認いたしました。善き精霊モルガンの言葉には、たしかにおおきな意味があったのです。それを確認できたことが、もっともおおきな収穫と言えましょう」

なるほど、とティグルは苦笑いした。彼女はあまり精霊の言葉を信じてはいなかったようだ。とはいえ、その冷静な観察眼はまことに頼もしい。

「ありがとう、ヴァレンティナ殿」

「礼を言うなら、すべてが終わった後になさってください。まだなにも終わってはいないのですから」

もっともなことだった。ティグルは改めて彼女と握手をして、では町に戻ろうと馬のもとへ歩き出し……とうてい立っていられず、片膝をついた。

「少し休んでから、戻りましょう」

「すまないが、そうしよう」

エザンディスの力で連れていってくれ、とはさすがに言えない。

苦笑いする。ここまでとは想像していなかった。この新しい力は、使いどころをよく吟味する必要があるだろう。

それでも、必ずやこの力が必要なときがくる。

それだけは、強く強く確信していた。

†

その日のうちにヴァレンティナと町に戻り、彼女を念のためもう一日だけ休むようにと診療所に預ける。

その後、ティグルは別の馬を駆って南進する第一軍に戻った。明日には第一軍と第二軍が合流する。決戦のときは、もう間もなくであった。

すでに夕刻、ギネヴィアのいる第一軍はすでに今日の野営地に辿り着き、簡易の陣地構築が

終わったあとだった。天幕が張られ、あちこちで炊事の煙があがっている。

「ティグル様！　お疲れさまです！」

目ざとくティグルをみつけた従者のイオルが駆け寄ってくる。

「留守中、なにかあっただろうか」

「はい！　まず明日の朝の打ち合わせについてですが……」

手際よく、ティグルがいない間の情報を報告してくれた。幸いにして、たいした問題は起きていないようだ。ブリダイン公が騎士たちの手綱をよく握ってくれている。

リムの天幕へ案内された。

「ティグル様、俺は馬の方をみてきますので！」

これみよがしに片目をつぶり、イオルは去っていく。気を利かせたつもりらしい。ティグルは軽く肩をすくめて天幕に入った。

リムは天幕のなかに机を設置し、蝋燭の明かりのもと、数枚の羊皮紙を手にしながら騎士たちと議論を交わしていた。ティグルが入って来ると、騎士たちが一斉にかしこまる。

「堅苦しいのはいいよ。それより、なにかあったのか」

「ここにきて、ギネヴィア軍に参陣する騎士がぞくぞくと集まっているのです」

リムが返事をする。ずっと話し続けていたのか、ひとつ咳をした。侍女が持ってきた水を飲み、おおきなため息を吐く。ティグルはその間、じっと彼女の言葉を待った。

「作戦の大枠はすでに固まっております。彼らをどう使うかという点で、皆の見解がいささか異なっておりまして」

「よほど優秀な騎士以外は、前に決まったように後詰めでいいんじゃないか」

「それでは騎士の名折れであると、なんども抗議が来ているのです。ある程度は、彼らの顔を立てる必要があります」

なるほど、このごに及んで参戦する騎士たちは、つまりこれまで日和見していた者たちだ。にもかかわらず、手柄が欲しいという。虫の良い話だが、まあ彼らとてそこまでして守りたいものがあるのだ。それは家であり、家族であり、領民であろう。

「皆、自分には腕に覚えがある、そんな自分が後方に配置されるのはおかしいと文句を言うのですよ」

これまでギネヴィア軍の中核となって転戦してきた者からすれば、それはただ負け犬たちが不平、不満をこぼしているにすぎないだろう。

それでもリムのまわりで交渉している者たちは、戦後を見据え、遅参した者たちにもなんらかの手柄を与えられないかと陳情（ちんじょう）している様子であった。

誰にでも縁故や友誼があり、利害関係がある。この島に来て半年程度のティグルやリムにはわからない関係である。

ギネヴィア軍にもう少し余裕があれば、そういった部分に配慮できたかもしれない。だがリネットを失い決戦が近い今、いわば外様の者たちに対して慮る余地は、ほとんどないと言ってよかった。

「練度の高い騎兵の居場所は、ないわけじゃないが……」

「あれ、ですか」

ティグルとリムは顔を見合わせる。そう、作戦上、どうしても騎兵が必要な場所はある。そのうちのひとつに、次の戦い、たいへん危険だが見返りのおおきな役割がひとつ存在するのであった。

問題は、その作戦は相手の不意を突いてこそのものであり、事前に漏洩するわけにはいかないということである。今になって駆けつけてきた騎士のなかに敵の密偵がいないという保証はない。密偵を見分ける方法も、その時間もなかった。

「実力を示したいなら、槍試合でもするか？　なんなら第二軍の精鋭相手に」

ティグルは考えなしに、そう口にした。騎士たちがその気になりそうだったので、慌てて否定する。

「いや、駄目だ。彼らは……」

「はい。彼らの多くはボストンの戦いで負傷し、現在はなんとか会戦までに間に合わせるため治療中です。槍試合などしている余裕はありません」

リムの言う通りなのだった。

第二軍の騎士たちは、ティグルと共に過酷な転戦を繰り返した、比類なき精鋭だ。その練度も連係も極限まで磨き抜かれているものの、彼らは影法師との戦いで酷使されすぎた。

「どのみち彼らは我が軍の最精鋭、戦後はひとりひとりが叙勲されるだけの功績をあげた者たちです。彼らほどの実力者が在野で転がっていたら、たちまち噂になることでしょう」

「そうかな。うん、そうかもしれない」

とはいえ、自分の実力が認められずくすぶっている者の気持ちも、ティグルとしてはわかってしまう。なんとかならないものか、と腕組みして思案してみた。

ティグルの表情からどこまで読み取ったのか、リムは少し優しい声で「これについては、引き続き課題としてこちらで考えておきましょう」と陳情の者たちを追い出した。侍女も理由をつけて出ていってしまう。

ティグルとリムは天幕のなかでふたりきりとなった。

「ティグル、疲れていますね。最近のあなたは、こういうことで迂闊(うかつ)に口を滑らせることがめっきりなくなりましたが……」

「そうかもしれない。ああ、君やリネット様に鍛えられたからな」

「ヴァレンティナ様との間に、なにかあったのですか」

なぜか、ジロリと睨まれた。ティグルは慌てて弁解しようとして、そもそも弁解の必要はなにもないのでは、と気づく。やましいことはなにもない以上、堂々としているべきだ。

ところがリムは、ティグルに近づくと彼の鼻先で臭いを嗅ぎはじめた。

「女の臭いがしますね」

「からかうなよ。本当になにもなかった」

「くれぐれも気をつけてくださいよ。ヴァレンティナ様は相手にうまく取り入り、いいように操る術に長けています。彼女の本当の強みは、エザンディスの力ではなくその話術だと私は認識しています」

本当に彼女たちは相性が悪いのだな、とティグルは後ろ頭を掻いた。

「私と彼女の相性が悪い、と考えていませんか」

ティグルはそっと視線をそらした。リムはため息をつく。

「我が友エレンがヴァレンティナ様を評したときのお言葉を伝えましょう。『おたがいの公国が離れているので会ったことは数えるほどしかないが、笑顔で社交辞令を述べながら相手をひそかに品定めするあの目が気に入らん。腹の底でなにを企んでいるのかわかったものではないし、病弱を装っているのも気に障る。もっと堂々と振る舞え』です」

わざわざ「我が友」と断りを入れたのは、これがあくまで私的な評価であるという意味だ。

それにしても辛辣（しんらつ）である。

「彼女の場合、親友のサーシャが本当に身体が弱かったから、余計にというのもあるんだろうな」

やっぱり主従共々、ヴァレンティナと相性が悪いなとティグルは思う。いざ決戦のとき、仲たがいされてはたまらない。

「戦いに際して仲たがいするとでも思っていますか」

「まさか、リムは私情を抑えられる人だとわかっているさ。ヴァレンティナ殿も同じだ。お互いに、そのあたりを割り切れると信頼している」

「なるほど、お互いに、ですか」

まだ不満な様子であった。いつもあまり表情が変わらないというのに、今はその顔にありありと不満の色が表れている。とはいえ、彼女がわがままを言ってくれるのは嬉しい。それだけ心を許してくれているということだ。

ティグルはリムの顎に手をやると、素早く口づけした。互いの唾液がからみあう。天幕の外で物音がした。ぱっと離れる。

「ティグルヴルムド卿、馬の調子ですが……」

入ってきたのはイオルだった。後ろに、彼と同じ村出身の若者ふたりもいる。そのさらに後ろで、用事で出ていったはずの侍女が「間の悪い」とイオルたちに対して舌打ちしていた。いい性格をしている。

「すみません、お邪魔でした」

「いや、いいんだ。たしかに戻る途中で少し元気がなかった。怪我をしているようなら休ませてやってくれ」

ティグルは気分を入れ替え、てきぱきと指示を下す。リムが書類をまとめて出ていく直前、耳もとで囁いた。

「くれぐれも、ヴァレンティィナ様に取り込まれぬよう」

わかっているさ、とうなずく。少しは信用して欲しい。

「あなたはすぐ情にほだされるでしょう？」

リムはイオルたちの方をちらりとみる。ぐうの音も出ない。

†

ここではないどこか、アスヴァール島にありながらペナイン山脈よりも険しい山の奥深く。

緑の髪の乙女は灰色の空の先、遠く遠く彼方のどこかを眺めていた。

善き精霊と呼ばれる彼女の表情には、ティグルと会うときのようなヒトらしい表情がまったく浮かんでいない。

それはヒトが持つべきものであり、彼女たちにとっては不要と気が遠くなるような過去に捨てたもののひとつに過ぎなかった。もはやヒトのありようを真似することはできても、そのありように染まることは不可能であったのだ。

あまりにも遠く離れてしまった。ヒトとの親密な関係は、もう二度と戻ってこない。

大地に暮らす者たちは、彼女たちのことを忘れてしまった。彼らは彼らだけで歩いていく。

彼らを愛しく思えばこそ、彼女たちはその別れを喜ぶべきなのだ。

なのに、過去を懐かしみそこに戻ろうとするなど、どうしてできるだろう。

今ではないいつかの、かつての己の半身。今は人々に悪しき精霊と呼ばれている、彼女の弟のような存在が語った言葉を思い出す。

「なぜ、我らが排除されねばならぬ」

彼は憤っていた。

「我らは古くからこの島にあった。最初のヒトの来訪を許し、彼らが泥と木でつくったみすぼらしい家を守り、彼らが殖えていく様子を歓迎した。その我らがなぜ、彼らにこの島のすべてを明け渡さねばならぬ」

激しく怒り狂っていた。それは正しい心のありようから来る憤怒で、だからまわりの者たちは誰も、彼を引き留めることができなかったのである。

「このようなこと、とうてい認められぬ」

そう言って彼はただひとり、彼女たちと袂を分かった。

それが今から何百年前の出来事か、ヒトの暦に疎い彼女はもう覚えていない。

少し前だったような気もするし、ヒトが生まれてから老いて朽ちるまでをなんどもなんども繰り返したような気もする。ヒトのサイクルはヒトならざるモノにとって理解し難く、彼女たちの生きる時はヒトにとってあまりにも難解なのだった。

それ故に、互いの合意のもと、徐々に距離をとるという選択をしたのである。

必然であり、あるべき川の流れであった。激流に逆らっても意味はないと、彼女たちはよく知っていた。

ヒトよりはるかに視野の広い彼女たちには、それがみえてしまうのだから。

あるべきものが、あるようにある世界が。

ヒトが思うほどこの大地は安定しておらず、ヒトが理解できる領域はそのごく一部にすぎなかった。限られた知覚で限られたものをみるだけで、すべてを認識したと誤解できるのは、彼らだけの特権なのである。

ものごとを単純化するという意味で、それはたいへんにすばらしい資質であった。

彼らの操る馬車は勇気と無謀を両輪として、前に向かって進むことができるからだ。今の彼らの繁栄は、その無知と無自覚にこそあるのだった。モルガンと伝承される彼女は、それがなによりも尊いものであると心から信じている。

多くのものたちがこの地を去った現在も、険しい山々の奥深く、かの地とこの地の境目たるここで彼らちいさき者たちを見守っているのは、そういう理由である。

「ティグルヴルムド＝ヴォルン」

そんなちいさき者たちのなかでも、ときに彼女の目に留まる者はいる。

遠方より来たりし、かの女神のお気に入り。本来ならば彼女と縁を結ぶことはないその者は、しかし奇妙な風の流れによって彼女と結びつき、アスヴァール島を巡る争いに積極的な介入を行っている。

それもちいさき者たちの可愛らしいいざこざばかりではなく、彼女と彼女の半身たるあの者との長い戦いにすらその手を懸命に伸ばし、今や彼らが放とうとする乾坤一擲(けんこんいってき)の一撃は、その指先をかの地の領域に届かせようとしている。

なんと愚かなのだろう。

なんと愛しいのだろう。

人に悪しき精霊マーリンと呼ばれる存在との争いは、永遠に続くのではないかと思っていた。それでいいと諦めていた。両者の均衡がとれているからこそ、ヒトが幸せに生を謳歌(おうか)できるという側面もあるのだから。

そもそもマーリンの行動は、彼女らのような存在にとって、けっしてヒトから悪しざまに言われるようなものではない。それはただ、ものの見方の一側面にすぎないと、彼女は知っている。

同様、彼女とて、善き精霊と呼ばれてはいるが、それは彼女をそう讃(たた)えることで利を得るものがいたからに過ぎない。彼女の愛はヒトにとって重すぎるし、マーリンの怒りはヒトにとって善く働くことも多かった。

ちいさき者たちは、それほどに矮小で狭量なのである。

彼らの理など、しょせんはその短い生と狭い感覚によって知覚された刹那の煌めき。そこに価値などなにもないと彼女たちはよく知っていた。

それでも、彼女にとって価値のあるものが生まれることはある。

河原に転がる数多の石のなかで磨き抜かれた宝石がみつかることはある。

ティグルヴルムド＝ヴォルンは、そういった宝石のひとつであると、緑の髪の乙女は理解した。

故に彼に力を貸した。その力をもって、彼は数多の災禍を打ち砕き……。

結果、彼が本来、開花させるべき力を無意識に封じてしまっている。

先日、もう一度彼に姿をみせたのは、その点について指摘するためであった。彼は彼女の指摘を的確に理解し、未来の幻視を己のものとしてみせた。

ならば、次は。この先にある世界は。

「どうか、終わらせてください。もうこの地は、あなたたちのものであると、その身で証明してみせなさい」

緑の髪の乙女は歌を歌った。ずっとずっと昔の、それは見知らぬ誰かによる、ありもしない誰かに向けた、故になによりも綺麗な祈りの歌だった。

無為であるからこそ、美しいものがある。

だが同時に、有意なことにも価値があるべきだと彼女は思った。

今、この大地には強い光が必要なのだ。


歌が、途切れる。

懐かしい気配がしたのだ。歌に誘われるように、それはやってきた。いつの間にか彼女のそばにいて、歌を聞いていた。

緑の髪に藍色の瞳を持つ小柄な少年。

そのような姿のものが、緑の髪の乙女のそば、川辺の近くの大岩に腰を下ろしていた。無論、彼ら／彼女らにとって人に似た姿に意味などない。だがその顔の造形が、全身から醸し出される雰囲気が、人にとっての兄弟姉妹のように似ていることだけは否定できない事実であった。

当然だ。両者は気が遠くなるような昔から共にいた。そしていつしか分かたれた。互いと共に歩むことをやめた、相剋の間柄なのである。

彼に対して、彼女は語る言葉を持たなかった。言葉はずっと昔に語り尽くした。それでも互いの溝は埋まらなかった。その別れは必然であったのだと、お互いがよく理解していた。

それでも彼は語りだした。

「なつかしい声が聞こえたんだ。この歌をもっと聞きたいと思った。はるか昔のことを思い出していた。まだこの島にヒトがいなかったころ、ずっとこの歌を聞いていたことを。気づくと、ここにいたんだよ。なぜだろう」

「それをヒトは、郷愁という言葉で表現する」

「僕がヒトに似たとでも言いたいのか。僕は姉さんとは違う」

「お前はヒトに子を産ませることができるのだ。ヒトに似ることもできるだろう」

少年に似た者の全身から、怒気が放たれる。緑の髪の乙女は、ヒトに似せて、首を傾けてみせた。まるで相手の言葉がわからぬとでもいうかのように。

「それは悪しきことではなかろう」

「僕を挑発しているのか」

「これを挑発ととるなら、たしかにお前は、長くヒトに交わることでヒトに似たのだろう。いかにもヒトが好きなお前らしい」

「あんなやつら、僕はちっとも好きじゃない！」

「私もヒトの言葉を学んだ」

緑の髪の乙女はまっすぐに弟の顔をみあげた。

「ヒトが言うには、好きの反対は嫌いではない。無関心だという。お前は、ヒトに構いすぎる。いかにもヒトへの関心を失いこの地を去ったものたちの正反対だ」

彼は憤怒の表情を浮かべ、彼女を睨む。

やはり変わったな、と彼女は理解した。彼はもう、彼女の半身ではないのだ。分かたれたあと、あまりにも長い時が流れた。あまりにもさまざまなことがあった。

もはや、互いにもとには戻れぬ。オタマジャクシが長じてカエルになるように、その変化は不可逆であった。絶対的で、決定的な溝が生まれていた。

それでも彼女にとって、彼はなによりも大切な存在であった。多くの同胞がこの地を去った現在、彼女がこの地に己を縛りつけている理由は、もはやただそれだけなのである。

猫の王たちにも苦労をかけた。

間もなく、それも終わるだろう。

「僕は姉さんとは違う」

「その通り。故に我らは分かたれた」

「僕はあいつらに屈したりしない。この島を守る。この島をあいつらから奪い返してみせるぞ」

「この島は誰のものでもない。無論、我らのものであったこともない」

「そんなことない。あのころは、僕と姉さんと皆で、ずっとずっと穏やかに暮らしていたんだ。それを、あいつらが……」

「彼らを受け入れたのは、我らの総意である。皆がこの地を去ったのも、それでよいと我ら個々がそう理解しただけに過ぎない」

「皆は住み処を奪われ、ここじゃないどこかに逃げていったのに」

「おまえは、ものごとの一面にばかり囚われている」

「現実から目を背けているのは、姉さんたちの方だ」

そうかもしれない。彼女は考える。本当は、彼の方がよくヒトの世を分析できていて、だからこそああした無茶をするのかもしれない。

自分たちは自分たちの狭い視野でみたもののなかから世界を切り取り、それでよろしいと理解したつもりになっていただけに過ぎないのかもしれないと。

だからといって、彼女は彼のようにはなれなかった。

もはやその道は閉ざされていて、お互いの進む先は決定された。彼女は彼女と共に歩むものたちを裏切れない。

「姉さんも、すぐにわかるさ」

はたして彼は、自信満々な様子を装い、見下すようにそう告げる。

「僕の方が正しい。じきに、姉さんも理解する。あいつらに身のほどってやつを教えてやって、そして……」

「皆がこの島に戻ってくる、と？　いや、そうはならない。皆は戻ってこない。お前も、それはわかっているはずだ」

彼は押し黙ってしまった。彼女から視線を外し、うつむく。

ヒトらしい仕草だ。湖に棲むあの者よりも、ずっとヒトらしい。彼女はヒトを愛するが故に己を隔離した。

そう、以前ティグルヴルムド＝ヴォルンに告げたように、彼ら／彼女らは愛故にヒトを傷つけてしまう。その心のありようは、ヒトにとってただ近づくだけで有害なのだ。

かのギネヴィアもそうだった。かのランスロットもそうだった。

あの者たちにニムエと呼ばれた存在は、未だに彼らのことを覚えていて、気に病んでいる。その心のありようがヒトに近づき過ぎたが故に、思いはこの大地に囚われ、新たな生贄が捧げられてしまう。

リムアリーシャと呼ばれた者も、そういった生贄のひとりだ。

ヒトに思い煩うことなき存在である自分が釣り合いをとるためティグルヴルムド＝ヴォルンに力を貸したことで、その運命が良い方に変わればよいのだが……。

それも、彼らの目の前に迫る、この脅威を払い退けられればの話である。

少年の姿をした存在は、鋭い目で彼女を睨む。

そこに彼女がみたのは、遠い昔のなつかしい記憶の残滓(ざんし)だった。周囲に怯え、彼女から離れず震えていた、生まれたばかりの可愛らしい赤子のような、無垢なあの子を、彼女は今の彼のなかにみつけていた。

「僕は勝つよ」

彼女はなにも言わず、その視線を受け止めた。

やはりこの逢瀬に意味はなかった。彼はかたくなに、彼女の示す世界を認めなかった。とうに理解していたことだが、こうして結果を示されるとやはり寂寥感が強くなる。

「次に会うのは、すべてが終わったあとだ」

彼は彼女に背を向ける。

なにか言うべきだ、と彼女は思った。しかし言葉が出なかった。

少年の姿をした存在が、その身を消す。この場を去ったのだ。

そのときになってようやく、彼女は紡（つむ）ぐべき言葉をひとつだけ、みつけた。

「さようなら」

なにもない空間に向かって、彼女はそう告げた。

無論、返事はない。

彼が姿を消して、しばしののち。

若い女のかたちをしたモノが、森からふらふらと姿を現す。

顔を伏せ、足もとだけをみている。生暖かい風が吹き抜けるたび、長い金の髪が秋の稲穂のように揺れていた。その髪の数本が根もとから緑色に変化し、さらに髪の周囲がぼんやりと緑の燐光を放っている。

　そんな若い女のかたちをしたモノは、緑の髪の乙女のすぐそばまできたところで、ゆっくりと顔をあげる。最初、その表情はうつろで、瞳にはまったく力がなかった。しかし緑の髪の乙女をその視界に入れた瞬間、息を呑むと同時に双眸に強い輝きが宿る。

「あなたが、モルガン。善き精霊モルガン」

「よく来ましたね、もっとも新しき我らが同胞よ」

「私は……あなたの同胞、なのですか。だから猫の王も私に力を貸してくれた？」

　緑の髪の乙女はゆっくりと首を横に振った。ヒトにおける否定の仕草である。ここは相手の慣れた様式に合わせるべきであろうと認識していた。

「あの者があなたに力を貸したのは、あの者自身の意志です。あの者の気高い心は、無心にあなたを支えたいと願った」

「なぜでしょう。いいえ、それを聞くのは、猫の王に対する侮辱ですね。私は、ただ猫の王の助力に感謝すればよい、と……そういうことなのですね」

　聡明(そうめい)だ、と緑の髪の乙女は思う。遠く遠く、この地から生前の彼女をみていた。ずっと、観察していた。リネットと呼ばれていたこの人物の誕生から成長を。

　その特別性を認識していたからこそ、極力、手を出すことは控えていた。

　精霊の血を引き継いだ一族からは、時折、先祖返りと呼ばれる者が生まれる。アスヴァール王室の血を引く目の前のモノの生前が、そうだった。本格的な目覚めを迎えれば、三百年前のアルトリウスに匹敵する存在となっていたかもしれない。

かつてであれば、ヒトのなかで生まれた我らに近しいモノは、我らの側に立っていたのである。それがいつしか、彼らはことごとくヒトに交じってヒトに同化していった。

それを厭うモノがいた。先ほど去っていったあのモノは、蘇ったアルトリウスを用いてその覚醒を阻止しようとしていた。それは必ずや己の目的の邪魔になるであろうからと。

ヒトのなかで力を持つ者に、たとえばティグルヴルムド＝ヴォルンのような存在に、可能な限りの警告はした。しかし、完全に彼女を守ることは誰にもできなかったのである。

今、こうして死した後の彼女がここにいる理由は、最後の最後で緑の髪の乙女が介入した結果であった。

ヒトとしての彼女は死んだ。しかし同胞としての彼女はかろうじて残った。ほとんど力などない、こうしてただ意識を持ち漂うだけの存在となってしまった。

「私を助けてくれたことに、心からの感謝を」

それでも、リネットは言う。

「おかげで私は、大切な方々に警告を送ることができました。私の無念は、大切な方々を守る手立てを講じられないということ、理解したことを相手に伝える術がなかったことです。その手段も猫の王が用意してくれました。本当は、もう少しあの方々と語らいたいところですが……それは過ぎた望みというものでしょう」

「それだけで、よいのですか」

「よいのです。私の生涯は、親友のために使うと決めておりました。今後の彼女に必要なものは、おおむね用意できました。まったく心残りがないわけではありませんが、それを言えば、この身は本来、すでに朽ちたはずのものです」

その言葉には迷いがなく、力強い信念があった。

彼女はこのような身になってまだ数日だというのに、もうたいていの同胞よりも深く、この身であることの意味を理解している。もし彼女に、相応の力があれば、完全なかたちでの目覚めがなされていれば、どこまで遠くを見通すことができただろうか。

あれは、緑の髪の乙女の半身であったあの者は、そこまで予見していたからこそ、拙速に動いたのだろうか。だとすれば見事というほかない。あの者は、その強い意志と断固たる決意をもって、己のなすべきことをなしたのだ。

「ひとつ、お願いがあります」

「話しなさい」

「こたびの戦いが終わるまでの間、ここで、あの方々を見守っていてもよろしいでしょうか。私がなにを成し遂げたのか、これから先、皆さまがどんな道を選ぶのか、それだけは確認したく思うのです。ここであれば、それらをあますことなく見届けることができましょう」

それは、彼女のこれまでの功績に比してあまりにもささやかな願いであった。ここまでの盤面をつくりあげるために心血を注ぎ、己の命まで捨ててみせた。なのに彼女が望むのは、ただ見守るということだけなのか。

「猫の王は、更なる協力を約束しています」

「ああ、気高き猫の王よ……ありがとうございます。ですが、すでに私は過分なまでの報酬を得ました。ここ数日の実りは、これまでのすべてを足したよりも豊饒でありました。なにも返すもののなき我が身がこれ以上を望むなど、どうしてできましょう」

純粋なのだ、と緑の髪の乙女は理解した。

彼女はこれだけの聡明さを持ちながら、ただひたすらに、幼きころの約束を遂行するためだけに己を磨きあげてきた。今も、ただその約束が果たされるかどうかだけを気にしている。

その純粋性こそが、彼女の力の源であった。ヒトとしての身体を失い、精霊としての力もほとんどなく、ただこうして在るだけのモノとなってなお、彼女には戦うに足る動機があり、まっすぐに信じる者たちのため前を向く強い意志があった。

ふと思う。

その純粋性こそ、はるか昔、彼ら／彼女らが失ったものかもしれない、と。

だとしても、緑の髪の乙女は今更あの頃のようにはなれない。どうしたところで彼ら／彼女らは、戻ってこない。

すべては遅きに失した。これから先を紡ぐのは、精霊や妖精と呼ばれるような存在ではない。

ましてや神々でもないのだから。

「分かりました。共に、この地で見守りましょう」

そう告げると、彼女は朗らかに笑ってみせた。

†

ギネヴィアが倒れた、という報告を聞いて、ティグルは慌てた。

第一軍と第二軍が合流した翌日のことである。報告した騎士はギネヴィア軍の先頭に立つティグルだけにその事実を告げ、どうなさいますかと目で問うてくる。

「ほかにこのことを知る者は？」

「町では緘口令を敷きました」

「わかった。すぐ俺が行く。リム！」

ティグルは相棒を呼んで、手早く打ち合わせをしたあと、軍でもっとも足の速い馬を駆ってギネヴィアのもとへ向かった。

杞憂であればいい、と思った。

結論から言えば、杞憂であった。

まずギネヴィアがその町にいた理由であるが、これはほかならぬ鍛冶のためである。彼女にしかできない、花の乙女の杖による加工の仕事だ。

今のギネヴィア軍においてなによりも重要な職務であるが、いかんせん次期女王たる御身が額に汗して竜の鱗やらなんやらを切り取っている姿はなんとも外聞が悪い。

鍛冶が賎業なのではなく、次期女王というのがあまりにも高貴であるためで、これぱかりはどうしようもないため軍の移動中はなるべく替え玉を使い、本人は近くの町の工房を貸し切って、関係者に厳密な緘口令を敷いていた。

警備上の問題もあり、軍でも上層部のごく一部しか知らぬことである。

本来であればティグルが護衛につくべきだが、そんなことをしてはここに殿下がいると告げているようなものであった。もはやティグルヴルムド＝ヴォルンはあまりにも高名であり、彼の一挙手一投足が注目されているのだから仕方がない。

リムやヴァレンティナとて、軍でも珍しい女の騎士だ。事情はあまり変わらない。

そんな状態で、ギネヴィアがなぜ倒れてしまったのか。

ティグルが子どものころ、夏に山登りするときは身体に熱が溜まらぬよう、身体から極端に水分が抜けぬよう、適切な水分補給をするよう熟練の狩人から教わった、まさにそのような状況が彼女の身を襲ったということである。

「霍乱（かくらん）ですな」

治療にあたった薬師によると、専門用語でそう言うらしい。工房などの熱がこもる場所ではままあることで、鍛冶師ではないその場に不慣れな人物であれば、なおさら注意が必要であるとのことだ。

慌てて町まで馬を駆れば、ギネヴィアが収容された領主の屋敷でそんな説明を受けることとなったティグルである。ギネヴィアの見舞いに彼女の寝ている部屋に赴く。いささか殺気立った侍女たちに身体検査されたあと、室内に通された。

ギネヴィアは半身を起こし、ティグルを笑顔で出迎える。顔色も悪くない。

「皆、大げさなのです。少し眩暈を覚えただけだというのに」

「意識を失ったと聞きました。どうかご自愛を。殿下に仕事を頼んだのは私ですが、無理をして殿下ご自身が決戦の場に出られなくては本末転倒です」

「リネットみたいなお説教をするのね」

ギネヴィアは一瞬だけ、かたい表情になった。ティグルはそのとき自分がどんな表情をしたのかわからなかったが、彼女がすぐ、しまったという表情に変化するのをみて、内心が漏れてしまったことを理解する。

いたたまれない気持ちになって、視線をそらす。相手も同じように横を向いてしまった。

敏感な話題を振ったのは彼女の方だが、上手く会話を捌(さば)けなかったティグルも悪い。リムがいたら、きっと叱っただろう。叱ってくれた方が嬉しいこともある。

「私は彼女の死を割り切ったと思っていたのですよ、ティグルヴルムド卿」

「殿下、無理に気持ちを整理する必要はないのです」

「怒りに任せて差配すれば騎士が死にます。兵が、民が死にます。リネットが大切に思っていた者たちが死ぬのです。それは、もっともやってはいけないことでしょう」

正論だった。故にその気持ちがギネヴィア自身を追い詰めているのだ。霍乱で倒れたのも、彼女の焦りが、必要以上に仕事に集中させてしまったからだろう。

今のギネヴィアは危うい。

それがわかっていても、彼女を休ませるわけにはいかなかった。決戦のときはもう間もなくに迫っている。立ち直るために時間をとるほどの余裕など、どこにもなかった。

あるいは彼女が一介の騎士であれば、怒りや憎しみを糧としてアルトリウスと対峙するという方法もあったかもしれない。

だが彼女はギネヴィア派を統べる者であり、本来はもっとも後ろに控えているのが職務なのである。後継者も指名していない。ギネヴィア派における、現時点での唯一の象徴。

彼女が倒れればすべてが終わる。本人もそう理解しているからこそ、無茶はできないと重圧を覚えているからこそ、与えられた仕事に対して過度に力を入れてしまったのだろう。

もともと、集中力は高い御仁なのだ。

そんな状態の彼女に注意できる者が、これまではいた。すぐ近くで彼女の調子を敏感に感じ取り、適切に差配できる者がいた。

　その人物は、もういない。二度と戻ってこない。

あまりにも大きな損失だったということを、今更ながらに理解させられてしまう。

「大丈夫ですよ、ティグルヴルムド卿」

はたして、ギネヴィアは柔らかい笑みをみせる。少なくとも、外見上はまったく問題ないという様子を取り繕えていた。王族としての教育の賜物だ。だからこそ厄介なのであった。

「二度とこんなことにならぬよう、適度に手を抜きます。加減は覚えました」

「どうか、ご無理をなさらずに」

ティグルとしては、そう言うしかない。

去り際、もう一度だけ彼女を振り返った。

ギネヴィアは窓の外をみていた。曇り空を眺めているようだった。空の向こうのどこかをじっとみつめ、物思いにふけっていた。

まるで、そうしていれば、親友の彼女の姿をみつけられるのだ、とでもいうかのように。

ティグルが自分をみていることにも気づかずに。

　行軍中の軍に戻って、ティグルはリムにみてきたことを報告した。

「もう少しだけ、見守りましょう」

リムは少し考えたすえ、そう告げる。

「本来であれば、無理にでも立ち直っていただかなくてはなりませんが……私には、その方法が思いつきません」

ティグルもリムも、これまでギネヴィアとリネットの絆の強さはよくみてきたつもりだ。だがそうした見積もりは、あまりにも甘かった。ギネヴィアという人物は、あまりにも多くをかの親友に依存していたのだろう。

ふたりが出会ったのは、ギネヴィアが六歳か七歳のときであったという。それから今まで、ずっと共に歩き続けたふたりは、いつしか互いの存在が当たり前になっていた。

いつか別れが来ると、ふたりとも知っていた。だがそれが今だとは思わなかっただろうし、それは最悪のタイミングだったのだ。

「殿下を信じるしかない」

「ええ。ですが、我々もできることはしておきましょう」

互いにうなずきあう。ひとまず、このことをブリダイン公に相談する必要があるだろう。次に、ブリダイン公の息子たちだ。リネットを失ったことで深い傷を負ったのは彼らも同じだが、彼らは武人として、人の命が失われることに慣れているようだった。

「もっとも大切なのは、我々が動揺している様子を兵にみせてはならぬということです」

リムの言葉にティグルは強くうなずいてみせる。

そう、自分たちはもはや、悲しみを表に出すことすら許されないのだ。

†

話は前後するが、ギネヴィア軍の第一軍と第二軍が合流した際、第二軍の先頭で馬上にいたのはブリダイン公の長子であるハロルドであった。

リネットと同じ金髪碧眼ながらティグルより頭ひとつ以上高い長身で、肩幅が広く胸板も厚い、恵まれた肉体の持ち主であった。ギネヴィア軍でも屈指の技量を持つ戦士であり、優秀な指揮官でもある。

そんな彼は、先日の影法師の襲来において海から現れた異形の大軍に後れをとり、深手を負った。生死の境を彷徨(さまよ)い、しばらく治療に専念していたものの、なんとか今回の進軍再開に間に合わせてきたのだ。

まだ傷は完全に癒えておらず、それでも兵を鼓舞するため第二軍の指揮を執って、なんとか合流まで繋げてみせた。そこで力尽き、今は馬車で運ばれる身である。本人は偽アルトリウス派との決戦の戦場に立つ気満々で、そのために英気を養っているのだと宣言していた。

「アルトリウスを僭称する者は、リネットの仇だ。奴は俺が討つ」

そう言われては、彼を止められる者はブリダイン公本人くらいであった。ブリダイン公はティグルたちの考えた作戦を説明し、ハロルドが逸った行動に出ぬよう懸命に制止する。

いくら剣の腕が立つ彼とはいえ、神器もなしでアルトリウスに立ち向かうのは無謀というほかないのであった。無論、たとえ神器があったところで、半精霊たるアルトリウスの能力を破らぬ限りいささかの勝機もない。

ティグルたちの集めた情報が正しいと仮定すれば、ではあるが……情報のなかには精霊に近い存在となったリネットが夢のかたちで伝えてくれたものもある。その精度は相応に高いと思われた。

「真の敵はアルトリウスを名乗る者ではなく、その彼を復活させ、精霊誓約で縛った悪しき精霊マーリンです。アスヴァールの血脈を根絶するアルトリウスの動きも、それによってリネットが殺されたことも、すべては悪しき精霊の仕業なのです」

その日の行軍が終わったあと、ふたりきりになったところで、ティグルは彼にそう語った。

ハロルドは腕組みをして、獣のような唸り声をあげる。

「ティグルヴルムド卿のお言葉でなければ笑い飛ばしていたところだ。おそらく、それは真実なのであろう。だが、あまりにも、その……荒唐無稽な物語に聞こえてしまう。わからぬ。俺にはなにもわからぬ」

無理もない、とティグルは苦笑いした。素直にその気持ちを伝えてくれるところは実に好感が持てる。実直さと剛毅さが彼の長所だ、と以前、リネットが言っていたことを思い出す。

もっとも彼女はそのあと「裏返せば、政治ができず筋肉でしか会話ができないということです。一介の騎士であればそれでよろしい。ですが公爵家を継ぐとなれば、もう少し頭でものを考えるということを覚えていただかなくては困ります。そもそも……」と怒涛のごとく駄目出しの言葉を並べていた。

兄のことになると早口になる少女であった。家族として愛していたのだろう。そして兄のハロルドも、妹のことを心から愛していたことは間違いない。

その相手を思いやる気持ちが、リネットの死によって行き場を失い暴れ出しかねないことを、ブリダイン公は強く懸念していた。故に、きたるべき一戦において、精鋭騎馬部隊の指揮をハロルドに任せるべきであると彼は提案する。

「俺もそれがいいと、即座に賛成しました」

ティグルはハロルドを説得する。

「諜報によれば敵軍に円卓の騎士アレクサンドラの姿はないものの、円卓の騎士ガラハッドは確実に出てくるでしょう。ほかに地竜（スロー）が五頭。無論、アルトリウスを名乗る者も。俺とリムはガラハッドの相手で手一杯になります。騎馬隊を率いて臨機応変に動く役目は、是非ともハロルド殿にお任せしたい」

ギネヴィア軍の精鋭騎馬部隊、その中心となるのはティグルやリムと共に影法師の支配地域を駆け抜け、ボストンの町を一気呵成に落とした者たちである。討伐困難な化け物の群れを相手に獅子奮迅の働きをした一騎当千の猛者ばかりだ。その運用は会戦の勝敗をおおきく左右するだろう。

残念ながら、今回、ティグルもリムも彼らを運用する余裕がない。

ボストンの戦いでは頼もしい味方であった円卓の騎士ガラハッド、神器使いの影法師を数体、同時に相手にして勝利してみせたかの御仁を抑えるだけで精一杯になることは明らかであったからである。

ギネヴィアの神器も戦力のひとつではあるものの、総大将であり戦場での経験が少ない彼女を前に出すのはいささか危険がおおきい。最後の手段にしたいところである。

戦姫ヴァレンティナも協力を約束してくれているが、彼女は計算高く、打算で動く。実際にどこまで頼りになるかは、そのときになってみなければわからない。さすがにリムと喧嘩を始めるとは思えないが……。

それに、彼女の持つ竜具エザンディスの空間転移の力は、さまざまな応用が利く。会戦の序盤においては切り札として温存しておきたい気持ちもあった。

同じく切り札としての、精鋭騎馬部隊である。その指揮を執るとなれば、ハロルドも無謀な一騎打ちや突撃など、とうてい無理となる。

彼自身もそれをわかっているのだろう。

「ティグルヴルムド卿のお気持ちは、よく理解しました。騎馬部隊の指揮、お引き受けいたします。俺は次の戦い、私怨ではなく皆の想いのために戦うと誓おう」

涙を流して、そう宣言した。いちいち熱い男なのである。


これで、懸念のひとつは片づいた。

「愚息が迷惑をかけたな」

この一件の報告時、ティグルはブリダイン公に頭を下げられてしまった。

「リネットの言うことであれば、素直に従う男であったのだ。それでよし、と放置していたのは、私の不徳であろう」

誰も、彼女がこんな死に方をするとは思わなかったのだ。

ブリダイン公も、戦争ではなにがあってもおかしくはないと常々、発言していたという。そんな彼であっても、彼の薫陶をもっとも受けた愛娘がこんなかたちで舞台から退場するなどと想像していなかったのだろう。

彼の内心を想像すると、ティグルは痛ましくてたまらなくなる。

「そんな顔をするな」

どこまで顔に出ていたのだろうか、ブリダイン公は笑ってティグルの肩を乱暴に叩いた。ひどく痛い。顔をしかめてみせる。

「我々は、あの娘が遺したものを利用して必ずや次の戦いに勝利する。馬鹿娘も、それを望んでいるだろう。あれは、自分の命も駒として利用してみせた。私はそのことを、誇らしく思うのだよ」

やせ我慢だろう、とティグルは反論したかった。だがブリダイン公の双眸はまっすぐにティグルを射貫いていた。それは彼の信念の強さのように思えた。

「わかりました」

だからティグルは、そううなずいてみせた。ブリダイン公は「よし」とうなずく。

「それでいい。頼んだぞ」

なにを、と言うまでもなかった。

明日には、ギネヴィアが合流する予定なのだ。

†

翌日。

ティグルは自ら町までギネヴィアを迎えに行った。彼女の鍛冶も一段落、これ以上、その存在を隠し通すことも難しくなっている。

これから先は王女としての彼女に戻ってもらう。そして偽アルトリウス派との戦いが終われば、彼女は女王に即位するだろう。

どのような女王となるかは、ティグルにはわからない。よい君主として国を治めて欲しいと思う。たくさん辛いことを経験するだろう。

振り返れば、彼女はこの戦いばかりの数か月を懐かしく思うのだろうか。

「軍に戻るついでに、遠乗りしませんか」

ティグルはギネヴィアにそう提案した。侍女たちは安全上の理由から猛反対したが、ギネヴィアは少し考えたあと「そういたしましょう、ティグルヴルムド卿」と馬を引いてくるよう命じた。護衛の騎士には、少し離れてついてくるように指示を出す。

「すまないな、わがままを言って」

ティグルは騎士たちに謝った。ギネヴィアのそばに控える精鋭たちだ。彼らは顔を見合わせて、苦笑いする。

「ティグルヴルムド卿であれば、殿下を笑わせることができるのではないかと愚考いたします」

「笑わせる？」

「殿下の心からの笑顔を、あのときから一度も見ておりません」

あのとき、というのがいつのことかは明らかだった。ヴァレンティナがひとり、アルトリウスとの謁見から逃げ戻ってきてリネットの死を告げた日のことである。

そのときティグルは、騎馬部隊と共にボストンへ向かう旅の途上であった。

「俺にできるだけのことはしてみよう」

と、ティグルの足もとで猫の鳴き声が聞こえた。いつの間にか、すぐそばにケットがいたのである。ティグルは白い子猫を抱き上げた。

「殿下の用意が済むまでに約束の鮭を買いにいこう」

「うむ、下僕の献身、喜ばしく思う」

「待たせたお詫びに約束の倍、用意するよ。かわりに、といったらなんだが……ひとつ手伝ってくれないか」

返事のかわりに、子猫は可愛らしい鳴き声をあげた。


陽は南中より少し前、雲が少ない青空のもと、ティグルとギネヴィアは、馬を並べて草原を進む。まだ少し暑さが残るものの、過ごしやすくなってきた。過酷な夏の戦いが嘘のようである。

実りの秋がやってきた。内戦で人がとられた結果、今年の収穫はひどいことになるだろう。戦いが終わったあと、大陸から穀物をかき集め、来るべき冬をなんとかしのぐ。ギネヴィアによれば、その計画の骨子は、すでに完成しているとのことであった。

「影法師の災禍が始まる少し前のことです。リネットのつくった計画書が、いつの間にか私の枕もとにあったのですよ。今は必要ないから、落ち着いたあとに読んで欲しいとメモが添えられていました」

ティグルは相槌を打ちながら、ギネヴィアの話を聞く。

「あの子は、いつもそうでした。先の先を読んで、私の道を舗装してくれている。私はあの子の導きに従っていれば、そこそこまともな女王としてやっていけたでありましょう。あの子の傀儡でいれば、民は幸せであったでしょう。ティグルヴルムド卿のおかげであの子と再会したとき、あの子は『あなたを女王にします』と言ったわ。『そのために、あなたは多くの苦難を背負うでしょう。でもその半分は私が背負います。共に覇道を歩みましょう』って。私は快く承諾した。彼女とふたりなら、どこまでも歩けると信じた。どんな辛い道のりも、あの子とならなんの不満もなかった」

ギネヴィアはまっすぐ前を向いて、時々は青い空をみあげて、淡々と語る。

「もちろん、あの子に甘えてばかりいるつもりもなかった。自分でできるだけのことはした。あの子も、私をいつも甘えさせてくれるほど優しくはなかった。私にはたくさんの経験が必要だったし、上手く人に助けを求めるだけのことでも難しいということすら知らなかった。あの子は私につきっきりで、ひとつひとつ、丁寧に教えてくれた。だから、デンの町から一時的にあの子が追放されちゃったとき……私はすごく不安だったわ。あの子を連れていってしまったティグルヴルムド卿に、ひどく嫉妬しました」

あれは、どちらかというと派閥間のバランスを考慮したリネットが自分から飛び出していったのだが……ティグルは謝罪し、頭を下げた。

「冗談ですよ、ティグルヴルムド卿」

ギネヴィアはあまり感情のこもらない声で言った。

「これもあの子が私に出した課題だと、わかっていました。各派閥の勢力を上手く調整してみせろと。私も懸命に努力したつもりです。でも、遠征の先遣隊にあの侯爵がつくことを阻止できなかった。いいえ、この言い方は違いますね。私は先遣隊にあの侯爵を選んだのです。彼が失敗すれば有利になる、それが政治というものだと思った」

結果、その先遣隊はひとつの町をめちゃくちゃにしたあげく、ひどい大敗を喫した。侯爵は戦場で命を落とし、責任はうやむやになった。

「報告が来たとき、私は激怒しました。逃げ帰った兵を切り捨てろと命じたかった。無抵抗の民から略奪し女を犯し赤子を殺すような兵士は我が軍にはいらないと、激昂したのです。でもあの子は、ギネヴィア軍の成功も失敗も、その責任はすべて私にあるのだと言いました。命じられた兵士たちに罪はない。ギネヴィア軍のすべての罪はギネヴィアにあるのだと」

リネットの支配者としての論理は明確だった。君主がすべてを命じ、君主がすべての罪を背負う。王が強い権限を持つこの国だからこその理屈である。

そのうえで……。

「だからこそ共に責任を分かち合おうと、私が逃げたくなるような惨状を前にして、それをまっすぐにみつめろと、彼女は私を厳しく叱責しました。どれほど厳しい道であっても共に歩もう、だから苦しいときも辛いときも、現実から目を背けるのだけはやめるように、と」

これも彼女らしい言葉だ。彼女はいつも懸命にギネヴィアを支えることだけを考えていた。ギネヴィアに必要なのは楽観や現実逃避ではなく、ただ冷徹な事実であると理解し、ギネヴィアの手を引いてきたのである。

「浅はかにも、いつまでもあの手で導かれるのだと思っていました。だから、もうわからなくなってしまったのです。あの子なくして君主たる資格がない私が、これからどうすればいいのか。どんな顔で騎士たちの前に出ればいいのか。どうやって民を治めていけばいいのか」

適当な慰めの言葉をかけるのは、簡単だろう。だがティグルと彼女とでは、そもそも立場が違う。リネットと違い、ティグルでは彼女を支えることができない。

唯一、ティグルが故郷を捨てこの地に骨を埋める決意をするなら話は別だが……。

それは、選べない。ティグルはもう本当に大切なものを選びとってしまった。

彼は王ではないうえ、根本的なところでは彼女に対する責任がないのだ。故に、彼の言葉には重さがない。

今のギネヴィアに必要なのは、リネットのようにそばに立って彼女を見守り支える者の言葉か、あるいは……。

少し考えて、ティグルは賭けに出ることにした。

ひょっこりと、ティグルの馬の後ろに積まれた荷物のなかから白いふわふわのものが姿を現す。緑の瞳の子猫だった。

「あら、ケット」

白い子猫は、ティグルの馬の背を蹴った。並走するギネヴィアの馬へ、器用に飛び移る。子猫はギネヴィアの服を器用によじ登ると、その肩にちょこんと腰を下ろした。彼女の頬に顔を擦りつける。

「くすぐったいわ、ケット。いいえ、猫の王。ありがとう。ティグルヴルムド卿からお聞きしました。あなたのおかげで、私はあの子と最後の言葉を交わすことができたのですね。どんなお礼が欲しいかしら。魚でも肉でも思いのままですよ」

「感謝の言葉を受けとろう。だが礼はすでにそこの下僕より受けとった。その気持ちは嬉しく思う」

猫の王の声に、ギネヴィアは目をおおきく見開いた。

「今、私に語りかけたのは……」

ケットはギネヴィアの肩から飛び降りて、彼女が乗る馬の頭の上に着地した。

馬はうやうやしく頭を下げたあと、おとなしく歩行を続ける。猫の王に対する深い敬意をティグルは感じた。

「我らに近い存在となったあの者の声を、わずかなりとも聴けたのだ。その資格があるということであろう」

「猫の王。でも、以前の私は……」

「王の資格はその血だけに宿るものではない。みよ、そこの下僕の凡庸な顔を」

ティグルはくすんだ赤毛を掻いて顔をしかめた。

「王の資格は、そのありかたに宿るのだ」

ケットはまっすぐにギネヴィアをみつめ、そう告げる。

──やはり、そういうことなのか。

夢のなかでリネットに会ったとき、彼女はティグルとしか会話できないだろうという意味のことを言っていた。ところが実際には、ギネヴィアとも限定的ながら会話ができたという。

これはリネットの認識に間違いがあったのか、それとも彼女の認識を覆すような変化が起きたのか。

答えは得られた。たった今。

「私に……王の資格が？」

「なにを戸惑うことがある」

「だって、私なんかが……」

「あの者は、そう思っていなかったぞ」

ギネヴィアは、小さく声をあげて、両手で口もとを覆った。その双眸から涙の粒が溢れだして、頬を伝い落ちる。

「リネット」

唇を震わせ、ギネヴィアは呟く。

「そう、なのね。私は、あの子の信頼に応えなければいけないのね」

子猫は空を仰ぎ、ひときわ高く鳴いた。馬から飛び降り、器用に受け身をとって立ち上がる。

あっ、とギネヴィアが慌てた。馬を止めようとするが、猫の王の命令か、彼女の馬はまっすぐに進み続けた。ティグルは護衛としての立場上、遠ざかる白猫を目で追いながらも、ギネヴィアのそばに従い続ける。

「さらばだ。下僕よ、よくヒトの世を統べよ」

子猫はギネヴィアに対してそう言ったあと、ティグルの方を向いた。

「茶毛の同胞の言葉だ。川魚より海の魚を所望する、と」

「どの猫の話だ、ケット」

「下僕は我らによく尽くす。今も、これからも。友ということだ」

子猫の姿が遠く豆のように小さくなっても、その声はティグルの耳にはっきりと届いた。

ギネヴィアはピンと背を伸ばし、猫の姿がみえなくなるまで草原の彼方をみつめ続ける。

しばらくののち。

彼女は頬の涙をぬぐい、前を向く。

「ティグルヴルムド卿」

「はい」

「私は次の戦い、必ず勝ちます。勝って、私こそがこの国を統べるにふさわしいと皆に認めさせましょう」

かたい決意のこもった声だった。

「私は、知らずあの子に育てられていたのですね」

きっとリネットなら「それはギネヴィア、あなた自身のがんばりです」とでも言うだろうなとティグルは思った。彼女は誰に対しても高い要求をするものの、自らの功績はいささかも誇らなかった。誰よりも己に高い要求をしていたにも拘わらず。

相手がその要求に応える力があると信じていたのだ。

ギネヴィアに対する数々の期待は、すべて彼女を信じていたが故であったのだろう。

「私はこの国の女王となりましょう。誰よりも立派な女王として、君臨してみせましょう」

ギネヴィアの言葉は、ティグルに対する宣言ではなかった。空の向こうの誰かに対する返答であった。

「生涯をかけて、私はそれを成し遂げましょう。私こそがこの国の統治者にふさわしいのだと、誰もが認める私となりましょう。あの子が信じた私を、信じ続けてみせましょう」

†

かくして、ギネヴィアは南進する軍に戻った。笑顔で皆に挨拶し、堂々と胸を張ってブリダイン公に戦後の絵図を描いてみせた。

「殿下を変えたのはあなたですか、ティグルヴルムド卿」

ブリダイン公にそう訊ねられたティグルは、「いいえ、それは猫です」とは言えず、曖昧に笑ってごまかすしかなかった。

それを横でみていたリムには厳しい視線を向けられた。さんざんである。

「ケットはどこに行ってしまったんでしょうか。ティグル様はご存じですか」

とイオルに訊ねられた。

「森に戻ったよ」

なんとなく、あれが最後であるような気がした。ふたつの世界は分かたれたのであるという彼の宣言であるように思えた。

これからティグルたちのやろうとしていることを知っていたのだろうか。猫の王の耳にははるか彼方、海の向こうの出来事すらも届くという。ならば知っていてもおかしくはない。

「ヒトのことは、ヒトで始末をつけろってことなんだろう」

ティグルの呟きに、イオルが首をかしげた。


ほぼ同時に、両軍がコルチェスター近郊のコルネ平原に集結する。

夕刻。互いに炊事の煙が立ち昇る。決戦は翌日となろう。

ギネヴィア軍、一万人余。偽アルトリウス軍、八千人弱と地竜五頭。

その勝敗の行方は、まだ誰にもわからない。

†

ジスタートの片田舎、町の酒場の片隅にて。

革鎧姿の華奢な身体つきの人物がいた。

その人物は、酒場の噂話に耳を傾けながら昼から青銅の杯で葡萄酒を飲んでいる。かたわらには、得物とおぼしき弓と矢筒が立てかけてあった。

「王都はひどいありさまらしい。王宮が吹き飛んで、王の安否もわからぬありさまだとか」

「アスヴァールの兵が海岸沿いを我が物顔でうろついてる現状で、戦姫様が王都に呼び戻されるとは……。この国は、これからいったい、どうなってしまうのだ」

話題の中心は、王都を襲った謎の爆発であった。爆発の直前、飛竜の姿をみたという証言もある。飛竜の上に人がいた、という噂もある。

真偽など重要ではない。どれほど荒唐無稽な話も、酒の肴としてはおいしい話題のひとつにすぎなかった。語り合っている者たちとて、どこまで信じているのやら。

たとえそこに、真実の一端が紛れ込んでいたとしてもである。

「王都から来た騎士様が、飛竜をみた者の話を聞いてまわっているそうだ」

「ブリューヌでも公爵様が飛竜に殺されたというし……」

「戦姫様も何人か行方不明とか。アスヴァールでは始祖アルトリウスが蘇ったというし、これは我が国でも始祖様が蘇る前兆かもしれぬ」

口々に、無責任に、人々の噂話は続く。革鎧の人物は銅杯の葡萄酒を飲み干すと、口の端を吊り上げ、通りすがった店主に銅貨を渡しておかわりを貰う。

「お客さん、旅人だろう。そんなに杯を重ねてだいじょうぶかい」

「王都でひと仕事終えた後なんだ。ゆっくりするつもりだよ」

ならいいが、とぶつぶつ言いながら店主が奥に引っ込む。だから彼には、次の言葉は聞こえなかっただろう。

「空を飛べば、どこだろうとあっという間さ」

革鎧の人物はそう言って、新しい杯の中身をあおったのであった。

酒場の午後は、のんびりと続く。

第3話　コルネの戦い

コルチェスターの西に広がる草原一帯は、近くの川の名をとってコルネ平野、あるいは単にコルネの地と呼ばれている。北から来る道と東西に抜ける道が交わる要衝であり、平時ならば多くの隊商が旅するにぎやかな地であった。

付近の村は王領で、そこの住人は平民のなかでも半ば特権階級となっていたという。治安がよく、往来が多いわけだから他よりはるかに住みやすい地なのはたしかだ。治安維持のために王直属の禄を食む騎士が頻繁に訪れるということもある。

そんな特権も過去の話である。

アルトリウスを名乗る者の侵攻とそれ以後の混乱により無数の難民が発生した。戦に負けた騎士や兵士のなかには野盗になり果てた者も多く、明日なき彼らは略奪暴虐の類いをためらわなかった。

コルチェスター近郊の村々はひどく荒れ果てた。生き残った住民の多くは流民となり北か西に流れたという。

田畑を耕す者もいなくなった。

そんな地に足を踏み入れたギネヴィア軍の騎士たちは、かつてとは様相が一変したこの地の惨憺たるありさまに絶句した。ギネヴィア自身も当然、かつての王領を知る者であったし、荒廃し無人となった村々に心を痛めた様子であった。

「私はこれ以上、民が苦しむ姿をみたくはありません」

馬上から周囲を見渡し、強い決意でそう告げる。

「必ずや、この一戦ですべてを終わらせなければなりません」

†

ギネヴィア軍がコルネの地に足を踏み入れたときには、偽アルトリウス軍がすでに布陣を完了していた。南にコルネ川を背負って、五頭の地竜(スロー)を左翼に置き、中央に四千、右翼に二千と配置している。残りの二千は本陣の近くだ。

周囲を威圧的に見渡す地竜のそばで、兵士たちが怯えているのが遠目でもわかる。とはいえ、彼らは逃げようにもその場所がない。

「中央に配置されているのは、あまり信用できない部隊なのでしょうね。対して右翼に主力を固めているのでしょう」

ティグルの馬に自分の馬を並べてリムが言う。

「西に竜、南に川、北から敵軍が来るわけです。退路は東のコルチェスターしかありません。

中央の部隊は、それすらも自軍の精鋭が邪魔をします。前を向いて戦うほか、生き残る術がない」

なるほど、士気の低い兵を利用する方法としては理にかなっている。偽アルトリウス軍とて台所事情は苦しいということだろう。大陸から無理に連れてきた諸侯の部隊が中心なのかもしれない。

一方、北から侵攻したギネヴィア軍は、敵軍と真正面から対峙するべく小高い丘を中心として陣を敷いた。正面にブリダイン家の精鋭を中心とした四千を配し、左右には各有力家の部隊が二千ずつ展開、残りを後詰めとしている。

「最後の戦いだというのに、敵も味方も混成軍、将の配置に苦慮するありさまですね」

リムがそんな皮肉を言う。彼女の言葉の通り、ギネヴィア軍もこの布陣に決まるまで、誰の隣は嫌だなどと文句ばかりの諸侯との、喧々諤々（けんけんがくがく）のやりとりがあったのである。

「心から信頼できるのは、殿下の親衛隊と精鋭の騎馬部隊くらいでしょうか」

その精鋭騎馬部隊八百ほどが、本陣のすぐ手前、中央部隊の後方で待機していた。これを率いるのはギネヴィア派でもきっての勇将、ハロルド＝ブリダインである。

ギネヴィア派は兵士の数で勝るものの、偽アルトリウス派には神器でもなければ傷ひとつつかない巨大な地竜が五頭もいる。

前回の会戦においては竜殺しのティグルヴルムド＝ヴォルンがひとりで地竜を始末したが、

さて今回はどうなるか。もはやティグルはこの島でも特に名高い英雄のひとりだ。対策が皆無とは思えなかった。

「ひとまずティグルヴルムド卿が地竜に当たり、敵の対策を引き出すことになります。その後の対応は、会議で出た通りのものであれば、相応に対処願います。それ以外であれば、ティグルヴルムド卿の指示に従ってください」

リムは首脳陣が集まった会議でそう結論を語っている。会戦前夜のことである。この点については既に議論を尽くし、誰にも異論はないようであった。

この戦い、神器持ちの活用が趨勢を決めると目されている。これはギネヴィア派だけではなく、偽アルトリウス派に潜り込ませた間諜からの報告でも同様である。

ギネヴィア派の神器持ちは四人、ギネヴィアとティグル、リム、そして戦姫であるヴァレンティナだ。とはいえ、ギネヴィアはまだあまり戦慣れしておらず、しかも絶対に失うわけにはいかないギネヴィア派の総大将であった。迂闊に前に出るわけにはいかない。

偽アルトリウス派は、予想通り重傷未だ癒えずのサーシャがコルチェスターで待機とのことで、もっとも手ごわい相手である弓の王を名乗る者は大陸で姿をくらましたまま、行方はようとして知れない。

神器持ちが確定しているのは円卓の騎士ガラハッドひとりだけ、ということになろう。

ただし敵の総大将たるアルトリウスは黒弓をもってしても傷ひとつつけられなかった相手で

あり、神器を持っていなくとも非常に危険な存在である。

一方のガラハッドは、このアスヴァールの地で信仰の対象であるほど卓越した騎士であった。しかもボストンの戦いにおいては別行動だったということもあり、ティグルは未だに神器固有の能力を一度もみていない。

ボストンでは三体の神器持ち影法師を相手に一歩も退かず戦い抜いた、ということだけは承知していた。その実績だけでもサーシャに匹敵する、尋常ならざる相手であるということだけは頭のなかに入れておくべきであろう。

更には……とティグルは、首脳陣だけに伝えた情報について考える。

「この戦い、裏で糸を引いている存在がいる。悪しき精霊（アンシーリーコート）マーリン。奴は、虎視眈々とヒトの争いへの介入を狙っていると思われる」

リネットが死んだ原因もこの悪しき精霊との精霊誓約によるものだ、とティグルはごく一部にだけ情報を開示していた。

そのひとりであるブリダイン公は唸り声をひとつあげただけで黙り込み、もうひとりであるハロルドは「悪しき精霊、許すまじ！　この俺がその首をもぎとってやろうではないか！」といきまいている。

これだからあまり伝えたくなかったのであるが……。

とはいえ切り札となる精鋭騎馬部隊を率いるハロルドには、「もし悪しき精霊が姿を現したら全力で部隊を退避させ、ティグルたちを呼ぶように」と伝えた。

「半精霊モードドレッドの力から推察すれば、その父であるマーリンは神器でなければ傷をつけることすらできないと思われる。相応の武器もなく向かっていっても無駄に犠牲を増やすだけだ」

重ねてそう告げて自重を促した。さて、戦の興奮のなか、どこまで彼の言葉を守ってくれるかは未知数であったが……。

「長兄ハロルドはいささか血の気が多く頻繁に理性を飛ばしますが、部隊を率いるときは多少の理性を残します。重要な役職という重しは、あの獣をヒトに戻す役割があるのです。いつかこの知識が役に立つときが来るでしょう」

というリネットの言葉を信じてみることにする。

†

どんよりとした厚い雲が天を覆っている。間もなく日の出だというのに、周囲は薄暗い。

「雨雲ではありませんね」

天をみあげてイオルが言う。

「幸いだな」

ティグルは安堵した。雨が降って足もとが緩めば、こちらの騎馬の衝力が減る。今回の切り札が意味を失う。そんな賭けのひとつには勝った。

これでようやく、互角の勝負ができる。

彼方の鈍色がほんのりと薄明るくなる。両軍が慌ただしく動き出した。もう少し日が昇れば、どちらからともなく開戦となるだろう。

偽アルトリウス派の陣内から、ひとりの小柄な男が馬に乗って出てくる。黒衣に身を包んだ、右腕のない男だった。

曇天だというのに、隻腕の男の背には、ぼんやりとした橙色の輝きが生まれている。神々しい燐光のようなものが男の周囲を舞っていた。

そのあまりに幻想的な光景にギネヴィア派の兵士たちは呆けたように口をおおきく開けて、その男の馬が近づいて来る様子を黙って見守る。

ギネヴィア軍の先頭まであと二百アルシン（約二百メートル）ほどのところで、男は馬を止めた。

「我が名はアルトリウス、このアスヴァールの地を統べし者である。愚かな反徒どもよ、このごに及んでもわしの身をいささかなりとも傷つけられると思うならば、己の武器でもって試してみるがよい。これは汝らの剣も槍も弓もわしに対しては無意味であると、広く天下に伝えるものである」

唐突な決闘の誘いであった。

騎士たちがざわめき、互いに顔を見合わせる。まさかアルトリウス自らが決闘に出てくるとは思っていなかったのだろう。

ここで敵の総大将を討ちとれば、末代まで語り継がれる伝説を打ち立てることとなろう。だが相手は、この国における信仰の頂点、その始祖を名乗る者である。それは真っ赤な偽者であるというギネヴィアのお触れが出ているものの、こうして目の当たりにする偽アルトリウスはヒトならざるモノの雰囲気を漂わせ、迷信深い騎士たちをしりごみさせるには充分な貫禄があった。

「俺がやってやる！」

「いや、始祖を名乗る不埒者を倒すのは俺だ！」

「ここは我に任せていただこう」

畏怖の念と功名心の間で揺れる彼らのなかから、意を決して三名の騎士が叫んだ。騎乗槍を手に大柄な馬に乗って進み出る勇敢な彼らに対して、アルトリウスを名乗る者は「許す。まとめてかかって来るがいい」と告げる。

三人の騎士はしばしためらった後、個々に名乗りをあげ、しかるのちに馬を加速させる。アルトリウスを名乗る者は左手で腰の剣を抜いた。なんの装飾もない、なんの変哲もない細身の剣だ。

「数打ちの一本にみえますね」

リムが呟く。ティグルはうなずいた。

「殿下がおっしゃるには、王室には始祖が使った剣の伝承があるそうだが、少なくともそれとは別だろうな」

蘇った円卓の騎士たちが使う赤黒い武器のひとつであれば、刀身をみればすぐにそれとわかるはずである。もっとも伝承によれば、赤黒い武器は五本のみ。現在まで判明している持ち手は、ティグルたちが倒したパーシバル、先日のボストンの戦いで斃(たお)れたボールス、サーシャ、ガラハッド、そして弓の王を名乗る者の五人全員が確認されていた。

赤黒い武器以外の神器が存在する可能性もあるし、赤黒い武器に六本目があるかもしれない。この段階でアルトリウスを名乗る者の切り札について断言はできなかった。

「決闘を止めるべきだ」

ティグルは言う。彼らでは、アルトリウスを名乗る者に勝てない。だがその理由について説明したところで騎士たちが納得するとは思えなかった。

リムは残念そうに「無理です」と告げる。

「なんと言って止めるのですか？　あれは本当の始祖アルトリウスで、彼に対する攻撃はすべて身体をすり抜けるのだ。お前たちの武器では傷ひとつつけられない、と言って、彼らが納得するでしょうか」

「馬鹿にされていると怒るか、荒唐無稽と笑うか、どちらだろうな」

ティグルとて、それは承知していた。騎士たちは、ティグルやリムがこれまでみてきたような、精霊や妖精といった存在をおとぎ話のなかのものだと信じている。どんなに信心深い者であれ、信仰の対象が実際に蘇り、目の前に現れたとは思っていないだろう。

リネットをはじめとしたギネヴィア派の情報を司る者たちが自軍に対してそういう政治工作をした結果であるから、これは当然のことであった。

故に、彼らはその光景を目の当たりにする必要があるのだ。

敵の首魁の、そのおそるべき力を認識させなければ、この先の本格的な戦いにおいて不必要な犠牲が出てしまう。そこまでわかっているが故に、ティグルもリムもなりゆきに任せることに決めたのである。

かくして、名のある騎士たちは三騎が人馬一体となってアルトリウスを名乗る者に突進する。

馬も一流なら、その乗り手も素晴らしい技量の持ち主だった。両者の距離があっという間に詰まる。騎士たちの先頭に立つ者の槍がアルトリウスを名乗る者の胸もとに到達し……。

その槍が、敵の総大将に突き刺さった。

と思った次の瞬間、騎士の腕がなんの抵抗もなくアルトリウスの身体を突き抜ける。馬は勢いがついたままアルトリウスを名乗る者の向こう側まで駆け抜けた。

続く二騎目、三騎目も同様にアルトリウスを名乗る者の身体をすり抜ける。

突撃した騎士たちは慌てた様子で振り向こうとして、身をよじる。

その行為は、最後まで完遂できなかった。

一拍遅れて、彼らの首が宙を舞ったからである。

固唾を呑んで決闘を見守っていたものたちから、敵味方なく驚嘆の声が響いた。馬は首のない主を乗せたまま草原を駆け、全身の力がなくなった己の主たちを振り落とすと、そのまま戦場の外へ去っていった。

アルトリウスを名乗る者は己の剣を天に突きあげた。その刀身が赤黒い液体で染まっている。

遠ざかる馬蹄の音がやけにおおきく聞こえた。誰もしゃべらない。

眼前の光景が信じられなかったのだろう。敵も味方も、決闘の勝敗がどうこうの前に、四者がぶつかった瞬間に起きた出来事を頭が理解できなかったのである。

「いったい、どうやって……」

「アルトリウスは、剣を三度、振った。剣の切っ先が騎士たちの喉に届いた。鎧と兜の間、わずかな隙間を正確に突いたんだ」

「みえたんですか、ティグル」

「肩の動きはみえた。でも騎士の首を飛ばす刃がみえなかった。おそろしい早業だ」

リムはなにか言おうとして、少しためらったすえ、口を閉じた。ティグルだって、自分の目でみたものを理解できない。

「これが神器の力だったら、どれほど気が楽なことか」

「あの数打ちにしかみえない剣が、ですか」

「あるいは、半精霊としての力か」

いずれも考えられることであった。始祖アルトリウスの力の底は、その過去を覗きみたティグルたちですら未だ測りかねている。とはいえ、ティグルの直感として言えば……。

「あれはアルトリウスの純粋な剣技だ」

伝説に謳われる以上の、おそるべき腕前であった。

「一発で空気を変えられてしまいましたね」

「ちょっと、まずいな」

ティグルは周囲を見渡す。

最初の衝撃が過ぎると、ギネヴィア派は目にみえて意気消沈していた。決闘が、これほど圧倒的な結果に終わるとは誰も思っていなかったのである。敵の総大将が理解の外にある存在であり、本当に始祖アルトリウスなのかもしれないと、誰もがそう思ってしまった。

だが戦う前から気持ちで負けていては、勝てるものも勝てなくなる。

「俺が行こう」

「ティグルヴルムド卿、お気をつけて」

リムの声にひとつうなずき、ティグルは黒弓を手に馬の腹を軽く蹴った。馬がゆっくりと進み出る。後ろからイオルたち従者三人がついてきた。

「ティグルヴルムド卿、お待ちを。ここは我々が」

と制止する騎士たちの声を無視して、軍勢の前に立つ。すぐ後ろにリムとイオルたち三人の従者が続いていた。

ティグルの姿をみて、アルトリウスを名乗る者は笑みを浮かべる。

両者、百五十アルシン（約百五十メートル）の距離を置いて、向かい合う。

「来たか、弓」

「ティグルヴルムド＝ヴォルン。この島じゃ、ちょっとした有名人みたいだ。そろそろ名前くらい覚えてくれ」

「ああ、覚えているさ、ティグルヴルムド卿。あなたには期待しているのだ。見事、わしの期待に応えてみせてくれ」

はたしてそれは、なんに対しての期待なのだろうか。いくつか推測はできるが、この場で話すべき内容ではないだろう。相手も返事を期待してはいない気がする。

この場で彼が求めているものは、ただひとつ。

「イオル、あれを」

「は、はい！」

ティグルはイオルから特別な矢を受けとる。その鏃（やじり）は陽光を浴びて、銀色に輝いていた。

黒弓に矢をつがえる。アルトリウスを名乗る者は、興味深そうな表情で黙ってその様子をみているだけだった。

弓対剣で、彼我の距離は百五十アルシン。普通の戦いであればティグルが弓弦を引き絞っている間に距離を詰めるべきである。

だがこの相手はそうしない。左手の剣をだらりと下げ、馬上で無防備に全身を晒している。あくまでもティグルの先制攻撃を誘っているのだ。

「馬は狙わない。あなたの胸を、心臓を狙う」

ティグルは告げる。対してアルトリウスを名乗る者も悠然と構えてうなずいている。

「で、あろうな。おぬしの腕で狙い過つことはあるまい」

互いに、とうてい決闘とは思えぬやりとりであった。しかし当人たちは真剣そのもので、固唾を呑んで決闘の行方を見守る者たちも、まばたきすら忘れている。

もし、とティグルは思う。

この一矢が届かぬなら、自分たちは尻尾を巻いて逃げるべきだ。この一戦のために様々な検討を重ね対策を練ってきたが、あの相手に対してはこれしか手段を思いつかなかった。向こうは、それをどこまでわかっているのだろう。

「答え合わせだ」

この決闘そのものが、まるで彼がそのために用意したものであるかのようであった。自分は今、この蘇った英雄に試されている。

弓弦を限界まで引いて、射る。

矢は綺麗な放物線を描いてアルトリウスを名乗る者のもとへ飛び、その胸もとに突き刺さる寸前……。

突如として横から突き出された太い手によって、わし掴みにされた。

巨漢の騎士が決闘に割って入ったのである。

ガラハッドであった。いつのまにか、彼は敵の総大将のそばまで来ていたのだった。

「無粋だぞ」

アルトリウスを名乗る者が、親に玩具をとられた子どものような表情でガラハッドに抗議する。背丈の差はまさに親と子であった。ガラハッドはおおきく息を吐く。

「順序が違います、陛下」

「決闘を行うならおまえから、と言いたいのだな。無粋なのはわしの方であったか」

どうやらアルトリウスを名乗る者は、ガラハッドの言いたいことを少ない言葉数で理解できるようだ。ボールスもそうだった、とティグルは思い返す。円卓の騎士とその主との間には、伝承にある以上の強い絆があるのだ。

総大将が、ティグルの方へ向き直る。

「邪魔が入ったとはいえ、その勇気と叡智に褒美を授けよう」

そう言うや否や、彼は左手でガラハッドの握った矢の鏃を強く握った。

「証明だ」

その手を開き、高く掲げる。

掌から赤い血が流れていた。

アルトリウスの血。蘇ってより無傷を誇っていたこの存在がついに傷ついた、その瞬間をティグルは目撃したのだ。

「我が身に流れる古の精霊の血は、無数のありうる状態からもっとも安定に近い可能性を引き寄せる。故に何人たりともわしを傷つけること能わず」

アルトリウスは血の付着した鏃を眺めた。

「この鏃は、ランスロットの剣か」

「花の乙女の杖(ヴロダヴィィズ)でランスロット卿の剣を加工したんだ」

ティグルは種明かしした。もはや隠匿の意味はない。相手がここまでして答え合わせをしたことに対する礼儀もある。相手は、はたして深くうなずいてみせる。

「あれは、古き神々の一柱の戯(たわむ)れによって生まれたと云い伝えられたもの。いかなるものも追い詰め刺し殺す力が込められた、古の秘宝である。その刃をもっていかなる状態も射貫くが正である。故に我が身がとりうる、傷つく以外のあらゆる可能性が否定されるのだ。たいした価値のある一品であったものを、まさかこうもばらばらにするとは」

解は得た。ティグルは、しかし、と思う。強い疑念がある。

「なぜだ。アルトリウスを名乗る者よ、なぜ、あなたはランスロット卿の武器を俺たちに渡した」

「あのときに言ったはず。友に安息をもたらした者に対する褒美である」

「あなたに対する切り札となると知りながら？」

「いかにも。それが王たるものであると知るがよい」

無茶苦茶な論理だ。どこの王が、己の弱点をわざわざ渡すというのだろう。

それとも、なんらかの精霊誓約があるというのか？　ガラハッドの嘘をつけないという誓約のように？

いずれにしても、この矢が敵の総大将に対して効果があるということは判明した。ギネヴィアがつくった鏃は全部で三本。あと二本ある。

「これ以上は、兵が退屈しよう。余興は終わりだ。決着は戦のなかでつけようぞ」

そう言い残し、アルトリウスを名乗る者は矢をティグルに投げ返すと、馬を返した。

よほどの怪力なのか、無造作に投擲(とうてき)された矢は百五十アルシンを飛び、ティグルの近くの地面に突き刺さる。イオルが慌てて駆け寄り、馬から下りて矢を拾った。

「鏃に歪み、ありません！」

よく確認し、そう報告してくる。それを見届けることもなく、小柄な敵の総大将はこちらに近づいてきたときとは違い、飄々（ひょうひょう）とした態度で自軍に戻っていく。

残る矢で追撃しようにも、彼のすぐそばにはガラハッドがいた。ティグルの射た矢を素手で止めた男だ。わかっていたことではあるが、敵にまわすと実におそろしい相手である。

「こちらも戻りましょう」

リムに声をかけられた。ティグルはうなずき、おおきく息を吐き出す。

「兵の前です、まだ気を抜かないでください」

叱られ、苦笑い。まったく窮屈なことであった。とはいえ、会戦の前に一矢報いることができたのは幸いである。

「ティグルヴルムド卿の勝利だ！　僭称者（せんしょうしゃ）は逃げ帰ったぞ！」

ティグルが自軍に振り返ると、兵と騎士たちの歓声が沸いた。

拳を振り上げて彼の名を連呼する者たちに、ティグルは軽く手を振ってみせる。喜びの声は、ますます熱狂的になった。

我らのティグルヴルムド卿、竜殺し卿、僭称者殺し。

どうやら、さっそくアルトリウスを名乗る者を蹴散らしたことになっているようだ。これはブリダイン家の諜報部隊による仕込みも入っているな、と思う。もっとも、それで士気が上がるなら、よしとするべきなのだろう。

ヴァレンティナが笑顔で手を叩きながら馬を寄せてくる。

ギネヴィアが演説を始めた。

今こそ祖国を取り戻すのだ、これは邪悪な僭称者から正義をとり戻す戦いであると断言していた。なかなかの名演説で、自信満々なその様子を喜ばしく思う。

気持ちを切り替えていかなければならない。この戦いにおいて、ティグルの果たす役目は全軍でもっとも重要なものだ。故に今回、軍の指揮にはいっさい関わらない。リムとヴァレンティナ、そしてイオルたち三人の従者だけが彼の小部隊のすべてである。

いや、場合によってはもうひとりを動員する許可も得ているのだが……。

そのもうひとりとは、つまり総大将ギネヴィアである。彼女を投入するべきだと判断すればためらいなくそうしろ、とブリダイン公は告げた。

「ティグルヴルムド卿の勘で動いて欲しい。あなたの勘にすべてを預ける」

そう、全面的に信頼されてしまったのである。

少数の神器持ちの運用によって大局が左右される。その理屈はわかるものの、あまりにも重い期待であった。

もっともそれはペナイン山脈の山中でギネヴィア派が立ち上がって以来、常にそうあってきた構造的な問題である。ティグル自身が軍の中心であることを受容してきたのだ。

それも、この戦いが最後となろう。

そうであるように立ちまわるため、いささかながら策を巡らせてみた。戦とは相手があってこそであるゆえ、必ずしも上手くいくとは限らないが……。

相手が、相手だ。賢く立ちまわるであろうなら、その打つ手のいくつかは想像がつく。

両軍が喚声をあげる。戦の始まりを告げる角笛が草原に響き渡る。

ティグルは前を向いた。

後にコルネの戦いとして伝わるであろう、世紀の一戦が始まる。

†

兵の数で劣る偽アルトリウス派にとって、その差を覆す可能性を秘めた存在が五頭の地竜だ。蜥蜴を身の丈六十チェート（約六メートル）を越える体躯にした生き物である。

ただの剣や槍では傷ひとつつかぬ強靭な鱗で全身が覆われ、眼球ですら矢を弾く。弱点と呼ばれる場所などひとつもない化け物たちであった。

そんな存在が、五頭。

敵軍の左翼、西側に陣取り、こちらを威圧するように睨んできている。ちっぽけな人のことなどただの肉の塊、ごちそうが群れているとでも思っているのだろう。

あれらが歩兵の密集陣とぶつかれば、たとえ数千の軍勢だろうと粉々だ。本来であれば敵軍は、無策で地竜だけを突っ込ませても勝てる。

ティグルという切り札がギネヴィア派になければ、の話であった。

前回の会戦において、偽アルトリウス派は開始早々、三頭の地竜をまとめて投入した。対してティグルは、これらを自軍に到着するまでのわずかな間に撃破してしまう。

そのとき転倒した地竜が暴れた結果、偽アルトリウス派の軍勢は足並みを乱して序盤からおおきな劣勢に陥ることとなった。地竜の運用は諸刃の剣であると、このとき露呈(ろてい)している。円卓の騎士アレクサンドラが奮戦していなければ、この時点で勝敗が決していただろう。

偽アルトリウス派も、その教訓からよく学んだに違いない。

「故に開始早々の地竜投入はありえない、と考えるのは早計です。むしろ敵がこの有利を最大限に押しつけられるタイミングは、敵味方が入り乱れる前の開始直後しかありません」

とは生前のリネットの言葉である。

「俺に、また狩られるだけとわかっていて、か？」

「切り札は伏せていてこそ力を発揮します。ティグルヴルムド卿は、もはや開いた札。必ずや対策を講じて来るでしょう」

具体的には、といくつかリネットは案を提示してみせた。

いずれもティグルを足止めするか、一時的に無力化する案だ。そのなかにはギネヴィア派に埋伏した毒、すなわち間者を用いて軍を混乱させる類いのものもあった。

その対策として、諜報には充分に注意したつもりである。今、ティグルの周囲にはリムとヴァレンティナ、信頼できる三人の従者しかいないのもそのひとつだ。

「いざとなれば、私がティグルヴルムド卿と共にエザンディスの力で軍勢から離れ、態勢を立て直すとしましょう」

とヴァレンティナは言う。彼女もまたこちらの切り札だ。敵軍のサーシャからある程度は大鎌の仕様を聞いているだろうが、それでもどこにティグルが現れるかわからない、と相手に思わせるだけで意味があるとのことであった。

したがって、会戦が始まると同時に敵軍左翼の地竜五頭が前進を開始したときも、ティグルたちに驚きはなかった。

ティグルたちの遊撃隊は、素早く自軍右翼の前に出る。

ティグルは馬上で弓に矢をつがえた。モルガンに祈る。左手の小指にはまった緑の髪の指輪が淡い緑の輝きを放つ。

射る。矢は光輝の筋を残して飛んだ。綺麗な放物線を描いて先頭の地竜の頭部に吸い込まれ……る、その寸前のことだった。

半月のかたちをした赤い光が飛び、矢に衝突して爆発を起こす。

「なにが起こったのです！」

「邪魔が入った」

リムの叫び声に、ティグルは目を細めて煙の奥をみつめる。

地竜の頭の上にひとりの男が立っていた。その男が剣を振るい、赤い衝撃波のようなものを飛ばして矢が届く前に切り払ったのである。

赤黒く輝く太い大剣であった。その持ち手の名は、ガラハッド。金属の鎧が雲の隙間から漏れる陽光を反射し、銀色に輝いている。

「円卓の騎士ガラハッド！　彼ほどの者を地竜のお守りとするのですか！」

ヴァレンティナが呻く。今の衝撃波が、これまで秘匿されてきた赤黒い大剣の力なのだろう。出し惜しんでいた、というわけではあるまい。単にこれまで、使う必要がなかったのだ。

ガラハッドは、そのような力がなくとも他を圧倒する強さを持っていた。ひょっとしたら、ボストンの町で神器持ちを相手にしているときは使用していたかもしれないが、そのときティグルは別行動であった。

「彼ほどの男だから、地竜のお守りができるということでもあるさ。そこらの騎士じゃ、地竜に喰われるだけだからな」

その彼に切り札を使わせた。これはティグルたちにとっておおきな得点である。

同時に、これが非常に厄介な札であることもティグルは理解していた。彼の実力はティグルたちもよく知っている。この壁は非常に厚い。ひょっとしたら、三人がかりですらこじ開けられぬほど分厚い。

それでも、やらねばならぬ。

ティグルは三本の矢をまとめて矢筒から抜くと、指輪の力を込め、連続して放つ。目標は、ガラハッドが乗っていない、それぞれ違う地竜だ。

移動する地竜は、相互に十アルシン以上の距離をとっていた。その全員を同時に守るのは、いかなガラハッドであっても困難であろうという考えである。

はたして……。

ガラハッドは、まるでその重さを感じさせずに三度、大剣を振るう。三つの赤い半月が飛び、それらは矢と衝突して爆発を起こした。

的確な迎撃だった。まさに鉄壁の守りであった。

「切り札に切り札をぶつける。想定された展開のひとつではありましたが、ここまで堅牢な壁になるとは、厄介なことですね」

リムの呻くような声。

神器には神器だ。ボストンの攻防もそうだった。あのときは敵側の方が神器持ちの数が多かったため、ティグルたちは常に主導権を握り続けることでなんとか敵の懐に潜り込み、敵の首魁である魔物ストリゴイを討ちとることに成功した。

今回は逆の構図である。敵がこちらの鼻を掴んで引きずりまわそうとしている。このまま放置した場合、地竜がこちらの軍勢と衝突し、多くの犠牲者が出るだろう。

「ティグルヴルムド卿、もっとも安全な策を提示いたします」

　ヴァレンティナが口を開く。

「こちらの右翼は最近になって参陣した部隊が多く、ほかの部隊と比べた場合、いささか頼りになりません。あえて地竜の突入を許し、彼らを生贄としましょう。乱戦になってから私とリムアリーシャ殿が地竜に接近し、個別に始末いたします。ティグルヴルムド卿はその間、ガラハッド卿の牽制をなさってください」

　冷ややかな表情でそう告げる戦姫に対して、リムが「それでは犠牲がおおきくなりすぎます」と反論する。よくよくヴァレンティナの目を覗きこめば、彼女は少し笑っているようにみえた。試されたのかもしれない。

　いずれにせよ、ティグルはそのような策をとるつもりなど微塵もなかった。

「ヴァレンティナ殿、自分から嫌われ者を演じることはないだろう」

「ですが誰かが言わなければならぬことなれば。いかがですか、ティグルヴルムド卿」

「味方を犠牲にするような作戦はとらない。ガラハッド卿に誘われているなら、こちらも誘いに乗ろう。まずガラハッド卿を倒す」

　ティグルはもう一本、黒弓に矢をつがえた。

　さきほどよりも強く、善き精霊（シーリーコート）に祈りを捧げる。矢が強い輝きを放った。

射る。矢は地竜の手前で地面に突き刺さり、おおきな爆発が起こった。土煙が舞いあがり、視界を奪う。地面に大穴が開いたはずだ。これで一時的にでも動きが止まる。

「いくぞ」

ティグルは馬の腹を軽く蹴った。馬が加速する。

すぐ後ろから皆がついてくるのが、地を蹴る蹄(ひづめ)の音でわかる。地竜に近づくというのに誰も臆(おく)さず、ティグルの行動に疑念を呈(てい)することもない。いい部隊だと思った。

「ティグルヴルムド卿、今のうちに矢筒を交換してください」

横に並んだイオルが二十本の矢が入った矢筒を差し出してくる。ティグルは言われるまま、矢の数が減った矢筒を捨て、イオルの矢筒を受けとった。さっそく三本抜いて、そのうち一本を黒弓につがえる。

土煙を割って、赤い半月の衝撃波が飛んできた。ティグルは指輪の力がこもった矢でそれを撃ち落とす。爆発が起こる。

「円卓の騎士ガラハッド」

煙の向こう側から太い声が名乗りをあげる。

「ヴォルン伯爵家、ウルスの息子、ティグルヴルムド＝ヴォルン」

「ライトメリッツ公主代理(アドワール)リムアリーシャ」

「オステローデ公主ヴァレンティナ＝グリンカ＝エステス」

ティグルたち三人も名乗りを返す。

「いざ尋常に」

四人が声を揃えた。

「勝負！」

†

戦場の西側、すなわちギネヴィア軍の右翼、偽アルトリウス軍の左翼でティグルたちとガラハッドが接触したころ。

それ以外の場所では、より有利なかたちでぶつかるべく互いの軍勢が運動を始めていた。

中央では双方から矢が乱れ飛び、前列の盾持ちに弾かれている。後方に配置された少数の長弓持ちが盾を射貫く威力をみせているものの、双方共に数を揃えているわけではないため決定打とはならなかった。

ギネヴィア軍の左翼、偽アルトリウス軍の右翼では、騎士たちが馬を駆り、さかんに牽制し合っていた。

お互いの騎兵が蛇のように首を突き出しては下がり、側面にまわり込もうとしてはそれを阻止され、という具合である。同時に歩兵部隊がじりじりと距離を詰めていた。騎馬部隊と動きを合わせ、互いに互いを包囲しようとしているのだ。

包囲殲滅は戦術の基礎である。ここまでは戦の教本通りの運用といえた。

とはいえ、どちらも無理はしない。

この会戦序盤、東側での運動は両軍とも時間稼ぎに終始している。西側の地竜がギネヴィア軍の右翼に突入するか、ティグルたちが地竜を殲滅するかを見極め、決定機までは深く踏み込まない用兵であった。

全軍の兵士数では劣る偽アルトリウス軍であったが、左翼を地竜に任せ戦力を中央と右翼に集中させることで現状、互角に……いや精鋭を集中させた東側に至っては有利に戦いを進めている。とはいえ西側の戦いが長引けば、ギネヴィア軍右翼で遊んでいる兵士が中央にまわってしまう可能性があった。時間はギネヴィア軍に有利に働く。

したがって膠着状態を打破するべく先に動き出したのは、おおかたの予想通り、偽アルトリウス軍であった。もっとも、その手法はいささか豪胆で、戦場の騎士たちが目を剥くものであったが……。

「わしに続け！　おまえたちには始祖アルトリウスの加護があるぞ、弓矢を恐れるな！」

アルトリウスを名乗る者が、自ら先頭に立ち、わずか数百の騎馬部隊を率いてギネヴィア軍の左翼に切り込んできたのである。

三百年前であれば、それが普通だったのだろう。アスヴァール島は貧しく、人口も戦場に立つ兵士の数も少なかった。個人の技量が戦争の趨勢を握る時代であった。それは両軍合わせて二万近い大会戦で通用する手法ではない、というのが現代の一般的な認識である。

「馬鹿な！　あれは猪（いのしし）か！」

故に常識的なギネヴィア軍の貴族たちは呻く。

「ええい、構わん！　総大将を討ちとる好機よ！　手柄首がやってきたぞ、褒美は望みのままだ！」

ギネヴィア軍の騎士たちが敵の総大将に殺到した。しかしアルトリウスを名乗る者は左手に構えた数打ちの剣で挑戦する騎士を片端から切り伏せて、自ら血路を切り開いていく。

続く偽アルトリウス軍の騎士たちも主への忠誠を披露するべく獅子奮迅の働きでギネヴィア軍の傷口を広げた。

「化け物だ！　あんなの、敵うわけがない！」

こうなると、ギネヴィア軍には臆病風に吹かれ背を向ける兵士が出てくる。最初のひとりが悲鳴をあげて武器を捨てれば、それからはあっという間だ。

武器を捨てて逃げる者と前に出ようとする者がぶつかり、渋滞したところに敵の騎兵が突入する。倒れた兵士を馬の蹄が蹂躙（じゅうりん）する。ギネヴィア軍の左翼はひどく混乱し、右往左往する兵が次々と狩りとられていった。

「どうした、この時代の兵はこの程度か。わしの首を獲りにきた反徒どもの力はこの程度か」

アルトリウスを名乗る者が、そんなことをうそぶきながら堂々と馬を進めた。兵が慌てて左右に逃げ出し、戦場に道ができてしまう。あまりの無様な様子に、丘の上からその様子をみていたギネヴィアが顔をしかめ、馬に飛び乗った。

「殿下！　ギネヴィア殿下！　なにをなさるおつもりか！」

「私が参ります。あの者の狙いは王室の血。それに私にはこの花の乙女の杖がございます」

ブリダイン公の制止の声を振り払い、ギネヴィアは単騎、馬で丘を駆け下りる。

「誰か！　誰か、殿下をお止めしろ！」

慌てた親衛隊の何騎かがギネヴィアを追ってきた。このときギネヴィアは本気で怒りにわれを忘れていたのだが、追いかけてくる騎士の言葉でようやく少し冷静さをとり戻す。

だがこのとき、すでにアルトリウスを名乗る者は自分に近づいてくるギネヴィアの姿をみつけ、馬首をまっすぐそちらに向けていた。

彼我の距離はおよそ百アルシン（約百メートル）と少し。普通であれば、まだ会敵まで余裕がある。加えてこちらは丘の中腹であり、相手は丘の下である。

しかしギネヴィアは、ひどい悪寒を覚えた。今すぐ逃げ出したくなるような切迫した危機感を覚える。とっさに花の乙女の杖を前に突き出し、青白い結界を張った。

はたして、その行動は正解だった。アルトリウスを名乗る者が無造作に投擲した剣はうなりをあげてギネヴィアを襲い、結界に弾かれて近くの地面に突き刺さった。

「ありえん。重い剣を、鉄の塊を百アルシンの投擲とは、とうてい人の業ではない」

攻防をみているしかなかった騎士が、唖然としている。

無理もない。ギネヴィアとて、確証あっての行動ではなかったのだ。臆病に身を任せて、それがたまたま上手くいっただけのことである。

だがそれでも、アルトリウスを名乗る者の一撃を防いでみせたことは事実であった。ギネヴィアは馬の足を緩め、敵の総大将を睨む。この者は親の仇であり、兄弟姉妹の仇であり、無二の親友の仇であった。

一瞬、兵士が退いた。戦場に空白ができる。

双方の総大将、互いの視線が交わる。

「始祖を名乗る者よ、あなたが真にアルトリウスであるなら、なぜあなたがつくりあげた国をかくも乱す。なぜあなたの子孫をかくも殺戮する。今のあなたはただの悪鬼、影法師と同じ化け物にすぎぬと知りなさい！」

アルトリウスを名乗る者は、その言葉を受けても顔色を変えず、無表情に丘の中腹のギネヴィアをみあげる。

ギネヴィアは、またひどい悪寒を覚えた。本能に従い、花の乙女の杖による結界を展開する。

一瞬遅れて、結界になにかが弾かれるかん高い音が響いた。

いつの間にか、赤黒い小剣がアルトリウスを名乗る者の左手のなかにあった。

「アレクサンドラの武器ですか」

「いかにも、わしが円卓の騎士アレクサンドラに授けたものよ」

かつて円卓の騎士アレクサンドラが使用していた神器、赤黒い五つの武器のひとつである。あれにはたしか、目に見えぬ刃を飛ばす力があったはず。今の一撃は、おそらくその衝撃波であろう。

「これで、またひとつ確信できました。情報の通り、アレクサンドラは未だ傷が癒えぬということですね。ガラハッドをティグルヴルムド卿が抑えている今、我が軍にとって脅威となるのはあなたひとりです」

「ガラハッドには、今代の弓をはじめとした三人を抑えてもらっている。その間にわしが、おまえの首を獲ればよいだけのこと」

お互いの狙いが、これではっきりした。

互いに大将首を賭けての直接対決である。もっともこの戦い、ギネヴィアにひどく不利なのは誰の目にも明らかであった。

「娘、これ以上あがくな。じっとしていれば、苦しまぬよう、首を刎ねられたことも気づかぬよう殺してやることができる。わしの慈悲だ」

「あいにくと、この身はもはや指先一本に至るまでこの国に捧げました。この首を刎ねるなら、アスヴァールの首を刎ねると思ってかかって参られい」

問答の間にギネヴィア軍の騎士たちが集まってくる。アルトリウスを名乗る者とその部下は、たった数百名で敵中に孤立していた。

だからといっていささかも油断はできない。ギネヴィアたちは、この人物の不死性をさきほど充分に理解させられているのだから。ティグルヴルムド卿がここにいない以上、苦戦は免れぬだろう。

それでも、ここで退くことはならなかった。

これ以上、目の前の英雄が自軍を蹂躙することを許していては、そもそも戦にならぬのだ。

幸いにして軍全体への指示はブリダイン公が出してくれる。ギネヴィアはここで総大将の進撃を食い止めるだけでよろしい。

「笑止千万。わしこそがアスヴァールである」

「よくぞ吠えた、僭称者！」

両者、睨みあう。

この時点で、丘の中腹にいるギネヴィアからは戦場の東側が一望できている。

偽アルトリウス軍からすれば、彼らの主君は自ら虎口に飛び込んでしまったようにみえたかもしれない。その中央は弓矢による牽制をやめて、主君を救助するべく積極的な攻勢を開始していた。

つまりはギネヴィア軍の矢が豪雨のごとく降り注ぐなか、捨て身の突撃をしてきたのである。彼らの被害は甚大なるも、その先頭の勇敢な者たちは矢でハリネズミのようになった盾を捨て、ギネヴィア軍の前衛に切り込むことに成功していた。すでに方々で乱戦が始まっている。

偽アルトリウス軍の中央を任された部隊は、その旗印から判断して、大陸から引き抜かれた諸侯の兵だった。精兵なれども、忠誠心において信用ならぬと考えられたに違いない。しかしザクスタンとの戦いで磨かれた彼らの技と闘志は、敵として相対すると非常に厄介だった。

結果、ギネヴィア軍はアルトリウスを名乗る者の突撃によって左翼をさんざんに蹂躙され、中央で劣勢を強いられている。

これは敵軍のなりふり構わぬ攻勢によるものであり、歯を食いしばって堪えることができれば、衝力を失った敵軍は無残に瓦解するはずであった。

もともと兵の数が少ない偽アルトリウス軍にとって長期戦は不利と目されていた。敵が積極的な姿勢で来ることは、ギネヴィア軍も充分に想定している。それでも左翼か右翼、どちらかの限定的な攻勢がせいぜいだろうと、たかをくくっていた。

蓋を開けてみれば、左翼でも中央でも押され、右翼はティグルヴルムド卿の部隊がかろうじてガラハッドと地竜の突撃を凌いでいる状況である。ここまで押し込まれるのは想定していなかった、というのが首脳陣の素直な感想だ。

そのうえギネヴィアはアルトリウスを名乗る者と会敵し、その脅威から逃げることもままならぬ。事前に考えうる限り最悪の状態といえた。

「ですが、こちらとて無策ではありません」

ギネヴィアは戦場の後ろを横切るように駆けてくる騎馬部隊を、ちらりとみる。

ハロルド率いる精鋭の騎馬部隊だった。ティグルヴルムド卿と共に各地を転戦した、ギネヴィア軍における精鋭中の精鋭である。

「殿下！　今、殿下のもとへ赴きます！」

中央の部隊の後方で待機していた彼らは丘の中腹を駆け抜け、いち早くギネヴィアのもとへ馳せ参じようとしていた。ここが戦場の急所であると、その鋭い鼻で遠くから嗅ぎ分けてきたのである。伝令もまだ出ていないだろうに、たいした忠義であった。

ギネヴィアの視線によって、彼女と相対する側も援軍に気づいたのだろう。しかしアルトリウスを名乗る者にとって、そこらの騎士などなんの脅威にもならぬ。余裕のある様子で、ギネヴィアめがけて赤黒い小剣を振った。

不可視の衝撃波を、ギネヴィアは結界を張って弾く。

「防ぐだけで、わしを倒すことはできぬであろう」

アルトリウスを名乗る者は、襲い来るギネヴィア軍の騎士たちを相手にしながら、悠々とギネヴィアとの距離を詰める。

彼の馬を狙う騎士もいたが、絶妙な手綱捌きでかわされたところで目に見えぬ斬撃を叩き込まれ、逆にその騎士の馬の首が飛ぶ始末であった。

左右から同時に突かれた槍はその身体をすり抜け、しかし彼の赤黒い小剣はその槍を断ち切る。前のめりになった騎士の首が、次の瞬間には宙を舞っている。

またたく間に七、八人の騎士が斃れた。いずれも名のある勇士であり、ギネヴィアの親衛隊にあって特に忠義厚き者たちであった。

彼らの死を悼む余裕はない。アルトリウスを名乗る者は急に馬を駆けさせ、ギネヴィアとの距離を一気に詰めたのである。

ギネヴィアはとっさに花の乙女の杖に強く祈った。薄い緑の結界が彼女を包み、次の瞬間、それは衝撃波となってアルトリウスを名乗る者の馬を襲う。

「その使い方を知っていたとは」

アルトリウスを名乗る者は少し驚いた表情になると、赤黒い小剣を振って目にみえぬ衝撃波を生み出す。衝撃波と衝撃波がぶつかり合い、爆発を起こした。

突風が吹き荒れた。両者の馬が悲鳴のようないななきをあげ、前脚を高く振りあげる。ギネヴィアは馬の手綱を握ることで必死となった。ようやく制御をとりもどして顔を前に向ければ、アルトリウスを名乗る者の姿がない。慌てて左右を見渡す。

「殿下、下です！」

騎士のひとりの叫び声に視線を下げれば、馬を捨てて残りの距離を一気に詰めた敵の総大将が、低い姿勢から彼女の首を狙っていた。

とっさに身体を横に倒し、転がるように馬から落ちる。不可視の衝撃波によってギネヴィアの馬の首が刎ね飛び、血しぶきが宙を舞う。

ギネヴィアは草の上を転がり、距離をとった。

「命に代えても殿下をお守りしろ！」

勇敢な騎士がアルトリウスを名乗る者に飛びかかった。彼らは一合と保たず首を飛ばされるも、ギネヴィアが体勢を立てなおすためのわずかな時間を稼ぐことには成功していた。

「部下を犠牲にして生き長らえるか。弱い王はかくも惨めだ」

「左様、私は弱い。ですが己の弱さを知り認めることも、また王の資質のひとつと理解いたしました」

親友の言葉を思い出す。彼女はギネヴィアが現実を認めずわがままを言うと、すぐさま叱り飛ばした。己の弱さに涙するとき、いつだって慰めてくれた。

「ギネヴィア、現実から目を背けることだけはなりません。王が現実から目をそらせば、そのぶんだけ民が苦しみ臣の心が離れると知りなさい」

彼女の言葉の通りだった。ギネヴィアの第一の仕事は現実をみつめ続けること、そこで困難を発見することである。彼女ひとりで困難を打破できぬとしても、それはなんら恥ではない。

アルトリウスを名乗る者が問う。

「おまえになにがあるというのだ」

「優秀な臣がおります」

速さの乗った騎馬が飛び出てくると、地面のアルトリウスを名乗る者めがけて槍を突き出す。無駄に終わる一撃のはずだった。ところが、なんの直感が働いたのだろう、彼は素早く跳躍してその一撃をかわそうとする。

ギリギリのところで赤黒い小剣を繰り出し、槍の穂先をずらす。それでもとっさのことゆえ、完全に防ぎきることはできなかった。槍の穂先がほんのわずか、その身体に触れる。

アルトリウスを名乗る者の身体は吹き飛ばされ、複雑な回転をしながら草むらに飛び込む。その表情が驚愕に歪むところを、ギネヴィアははっきりとみた。

一度は駆け抜けた馬がゆっくりと戻ってくる。騎乗していたのは、ハロルドだった。ギネヴィアは亡き親友の兄に笑顔を向ける。

「よくぞ、来てくれました」

「殿下こそ、あの男と相対してよくぞご無事で。無茶をなさる」

別の騎士がギネヴィアの前に進み出て、己の馬を差し出した。ギネヴィアは彼に替わって馬の鞍にまたがり、しかしこの場から離れるよう懇願する騎士に対しては首を横に振った。

「私は逃げません。ここで必ずや反徒の息の根を断つ。丘を下りたときから、その覚悟です」

草むらから、アルトリウスを名乗る者が立ち上がってくる。その右肩の白い毛皮の装飾が赤く染まっていた。槍の穂先が触れたところである。

「この身を傷つける、その槍は……」

「そうだ。この槍は殿下が加工したものである」

ハロルドはそう言って、槍の穂先を誇らしげに眺めた。銀色に輝くその金属は、もちろんランスロットの銀の剣をギネヴィアが花の乙女の杖で加工したものだ。

切り札中の切り札である。

ティグルヴルムド卿に、矢を三本。

ハロルドをはじめとした腕利きの騎士に、槍を三本。

ランスロットの剣を溶かしてつくりあげた対アルトリウス専用武器は、それですべてであった。

もっとも、ここでその切り札を切ることができたのは、ティグルヴルムド卿の放った矢がアルトリウスを名乗る者を傷つける様子を全軍の兵士が目の当たりにしたからである。

「自ら弱点を晒す慢心、どういう心づもりかはわからぬが、おかげで俺の手でもって貴様を倒すことができる。妹の、リネットの仇、とらせてもらうぞ」

この槍の一本をハロルドに渡すことに、最初、ギネヴィアは強く反対した。彼が暴走する危険があったからだ。リネットは四人の兄たちから深く愛されていた。

それでもハロルドに槍を託したのは、彼がギネヴィア軍でも特に武勇に優れた人物であること、皆を鼓舞する力があること、そしてなによりも彼がギネヴィアの命令に忠実に従う故なにとぞと直訴したことによる。

「私の命令なく死ぬこと、まかりならぬ」

そう命じて、ギネヴィアは彼にこの槍を託したのであった。結果、今、彼はここに駆けつけた。他の槍持ち二名が、彼に続いて現れ、敵の総大将をとり囲む。

「ランスロット卿の鎧については円卓の騎士の遺品として祀らせて頂きましょう。ここはあなたにとって敵地の奥深く、死地である。逃げ場はない。王位の簒奪者よ、あなたの不死性はとうに破られた。親と兄弟と友の無念、ここで晴らしてみせましょう」

ギネヴィアは馬上から仇敵を見下ろす。

相手は、この窮地にあってなお不敵に笑ってみせた。

「わしを楽しませてみよ。共に踊ることを許す」

目にもとまらぬ動きで左手の小剣が煌めく。

ハロルドがとっさに槍を突き出す。槍の穂先がなにかに弾かれ、かん高い音が響いた。衝撃波が放たれたのだ。目にみえぬそれを、おそらくは勘だけで防いだハロルドは、さすがの剛腕であった。

残るふたりが同時に動く。左右から王位の簒奪者を襲う。

アルトリウスを名乗る者は、その身を柳のように揺らした。地面を蹴って後ろに跳躍し、襲撃者たちから距離をとろうとする。

「逃がすものか！」

ギネヴィアが花の乙女の杖を突き出す。衝撃波が側面から相手を襲う。彼はしかし、赤黒い小剣から透明な衝撃波を放ってこれを相殺すると、一転、向きを変えてこんどはギネヴィアのもとへ突進する。

この動きはハロルドが読んでいた。この大柄な男はギネヴィアをかばうように立ちふさがると、隻腕の小男に刺突を見舞う。

「いい攻撃だ。だが」

アルトリウスを名乗る者はこれを赤黒い小剣で受け止めた。かん高い音が戦場に響き渡る。

「この程度では、とうてい円卓の騎士と認められぬな」

ハロルドの巨漢が吹き飛んだ。相手に膂力で負けたのだ。ギネヴィアは戦慄する。彼女たちが相対しているのは、小柄ながら尋常ではない力の持ち主であった。

「侮っていたつもりはありませんが、三百年前とはいかほどの化け物が跋扈する時代であったのでしょうか」

小声で呟く。目の前の相手をアルトリウス本人と認めるような言葉、さすがに兵には聞かせられぬ。

だが相手の耳はそれを聞き届けたようだ。にやりとして、「今のこの島よりずっと痩せた大地であった。なにもない島であった。しかし我らには多くの友がいた」と悠然とした態度で語ってみせる。

「ならば、わかるでしょう。この島は変わりました。もはやあなた方の時代ではない」

「その言葉、力で示してみせよ」

アルトリウスを名乗る者が、小剣を振って不可視の衝撃波を飛ばすと、突進してくる。ギネヴィアは結界でそれを受けると同時に「ハロルド卿！」と叫んだ。

「応！」

起き上がったハロルドがギネヴィアのそばで迎撃する。迫る簒奪者に刺突を繰り出し、相手がそれを避けるや否や、その動きを薙ぎ払いに変化させた。

次の瞬間、皆が、呆然とする。

アルトリウスを名乗る者が、ハロルドの槍の穂先に飛び乗ってみせたのだ。

「芸事で民を愉しませるのも、また王の務め」

「ふざけた真似を！」

ハロルドは槍を上下に払う。相手はその勢いを利用して跳躍し、なにが可笑しいのか高笑いしながら後方に着地した。

「遊ばれている」

ギネヴィアは激しい喉の渇きを覚えた。

強者であるとはわかっていた。伝説となるような人物であるとは理解していた。伝説以上の力を隠し持っているかもしれぬとも覚悟していた。

それでも、ギネヴィア派で最高の騎士たちを集めてここまで翻弄されるとは。

彼らは剣や槍の腕だけならリムやヴァレンティナと互角か、場合によっては勝ちを拾えるほどの者たちである。それが、三対一、いやギネヴィアを含めて四対一で、かくも一方的な展開に持ち込まれている。

「もう二、三本、槍をつくれていれば」

小声で呟き、花の乙女の杖を構えなおす。

†

ティグル、リム、ヴァレンティナとガラハッドの戦いをギネヴィア軍右翼の兵たちが見守っている。それは円卓の騎士がなぜこの地で信仰されているのか、ということを確認しているかのような過程を辿った。

ガラハッドひとりに圧倒されていたのである。

リムとヴァレンティナがふたりがかりで抑えようとしても、ガラハッドの剣技の前にはほとんど無力であった。

ティグルの矢は善き精霊の加護をつけてさえすべて切り払われ、ガラハッドには傷ひとつつけることができない。対してガラハッドの斬撃はその衝撃の余波だけでもリムとヴァレンティナに手傷を負わせた。

次第にふたりの傷が増え、動きが鈍くなっていく。にもかかわらず打開策がない。ティグルのなかで焦燥感が募る。

「焦りは禁物です」

ヴァレンティナが告げる。

「敵にとって嫌なのは、ティグルヴルムド卿、あなたが自由になることなのですから」

ティグルが自由に動ければ、一時的に動きが止まった地竜の始末をつけることができる。偽アルトリウス軍にとっていちばん困る行動は、それということだ。戦場の反対側ではギネヴィアとアルトリウスを名乗る者との戦いが始まったようだが、そこの応援に赴くという選択もとれる。

当然ながら、その隙をくれるほど容易な相手ではなかった。

すでにリムは双紋剣（カルンウェナン）を双頭剣に変化させている。

この武器は形態の変化により初見の相手に対して不意をつくことが可能であったが、なにせ双紋剣の本来の持ち主はアルトリウスである。ガラハッドにとって、それは完全に既知のものであった。隠匿する意味がない。ならば大剣を手に同程度の間合いをとれる双頭剣の方が有利という判断である。

　ヴァレンティナも何度か空間転移を奇襲に利用している。本来であれば、突如として思いもよらぬところから奇襲してくる彼女は、非常に厄介な相手であろう。

　だがこの戦姫が背後から現れても、ガラハッドはまるで背中に目があるかのように簡単に対応してくる。ティグルやリムとタイミングを合わせても、あるいは絶妙にずらしてみても同様であった。

「もしかして、ガラハッド卿は転移して襲ってくる相手に慣れておいでですか」

　思わずヴァレンティナがそう訊ねると、ガラハッドは無言でうなずいた。

　三百年前、それは妖精か、それともなんらかの神器持ちであったのか。

　ガラハッドは化け物と戦った伝承を数多に持つ。そのうちのいくつかが真実だったとして、詩に残らなかった戦いもまたいくつもあるに違いなかった。

「正直者でございますこと。誓約により嘘はつけないとのことですが、問いに答えなければならないというわけではございませんでしょう」

「誠意だ」

　その巨体で大剣を振りまわしながら、ガラハッドは律儀に返事をする。

「好敵手よ」

「光栄ですわ」

間一髪、その攻撃を大鎌で受け止めたヴァレンティナは遠くに吹き飛ばされた。その姿が空中でかき消える。どこかへ転移したのだ。

ガラハッドはそこまで予期していたのか、ヴァレンティナに大振りの一撃を見舞ったと同時に地面を強く蹴り、ティグルのもとへ駆け出している。

全身に金属の鎧をまとった大男による猪のように猛然とした突進である。リムがせめてその勢いを削ごうと行く手を遮るも、ガラハッドは巨体に似合わぬ機敏な動きで双頭剣の刺突に対して身をひねってかわし、彼女に肩から体当たりする。

体格に差がありすぎるため踏ん張ることもできず、リムは真横に撥ね飛ばされた。

邪魔者を排除したガラハッドが、まっすぐティグルに迫る。

「ティグルヴルムド卿、逃げてください！」

リムの悲鳴にも似た声を聞きながら、ティグルは馬を捨てて後ろに跳んだ。

立て続けに三本、矢を放つ。慌てたためか、そのうちの一本は見当はずれの方角に飛んでいった。ガラハッドは己に向かって飛来した二本の矢を無造作に大剣で払い、ティグルの馬を押しのけて彼に迫る。

ティグルが討ちとられれば、そうでなくても彼が矢を放てなくなれば、そこでギネヴィア派は絶望的に不利となる。

戦力的な意味でもそうだが、精神的なものにおいても、今やティグルヴルムド＝ヴォルンはギネヴィア派の武力の象徴であり、すべての騎士と兵士にとっての光であった。

実際のところ、こうしてティグルが苦戦しているという事実だけでも、それをみている兵士の士気は下がってしまうのだ。その相手がこの地にとって信仰の対象たるガラハッドの名を冠する存在であることは、兵たちにとってなんの救いにもならない。

ティグルはこの島に滞在した短期間で、その長年の信仰の対象と同じくらい伝説的な偉業を成し遂げた英雄であるということだ。

そのうちのいくつかはリネットをはじめとした一部上層部が意図的に流した物語であるのだが、そこには低くない割合で真実が混じっている。それが故に、人々もティグルという新たな英雄を受け入れた。いささか熱狂的なまでに。

「ティグルヴルムド卿！　こちらです！」

ティグルのもとへ転移してきたヴァレンティナが、すぐさま彼の手をとる。手札を出し惜しんでいる余裕などまったくなかった。

転移。現れたのはガラハッドの数歩後ろだ。

はたしてガラハッドは、ティグルが消えた空間に向かって大剣を横なぎに振るう。その勢いで身をひるがえすと、どこまでティグルたちの手を読んでいたのか、姿を現した彼らにまっすぐ向き直ってみせた。

その赤黒い剣先から赤い衝撃波が飛ぶ。間一髪、リムがティグルたちのもとへ駆け寄って双頭剣の赤い側を前に突き出し、結界を張る。

衝撃波と結界が衝突し、激しい爆発が起こる。

「散開だ！」

爆風のなかから飛び出してくるガラハッドに対して、ティグルたちは素早く体勢を整えると左右に分かれた。ガラハッドはそのうち右手に距離をとろうとしたティグルに迫ろうとして……。

ふと彼は立ち止まり、頭上に向かって大剣を振るう。

落ちてきた矢を、無造作に切り払った。

ティグルが事前に見当違いの方向に放っていた矢が、今ごろになって落ちてきたのである。それは狙い過たず頭上からガラハッドを狙う、完璧な奇襲になるはずだった。

しかしこれも、あっさりと対応されてしまった。

「そういえば、ガラハッド卿。あなたはこの黒弓を持った奴と知り合いだったな」

「あの男も、芸事が好きだった」

「斬新な芸だと思ったんだが」

三百年前に披露されていた芸であったとは、まったく残念なことである。

知っていたところでここまで見事に対応することができる者などそうはいないだろう。

これほどの奇策が必要な相手など、そもそもほとんどいなかったのだ。せいぜい円卓の騎士やサーシャ、あの弓の王を名乗る者くらいである。

アスヴァール島に集まった猛者たちは、そのひとりをとっても容易に大陸で勇名を轟かせることができるであろう。それらと渡り合っているティグルやリムも相応の腕の持ち主であるという自負はあるのだが、今回ばかりはいささか相手が悪すぎた。

四人の戦いが膠着状態に陥っているうちに、南から地響きが轟く。

そちらをみれば地竜が進軍を再開していた。戦っているうちに戦場から少し離れてしまったティグルたちを無視して、まっすぐギネヴィア軍の右翼に向かって速度をあげる。

さてどうする、とばかりにガラハッドがティグルをみつめてくる。地竜がギネヴィア軍に突入すれば、阿鼻叫喚の地獄絵図が描かれることだろう。そうなる前にガラハッドを仕留めるか、彼を振り切って地竜を仕留めるか……。

いずれにしても、それはひどく困難なことのように思われた。

ところが、ティグルは笑ってみせた。

「これでいい」

「自軍を見捨てるということか。無論、俺はおまえたちが地竜に向かえば、全力でそれを止めるが……おまえはこの程度で諦める男だったか？」

それは挑発ではなく、これまでティグルと顔を合わせ、ときに共に戦ったが故の純粋な疑問だったのだろう。

「その必要はない、ということだ」

だからティグルは素直にそう答えた。もはや隠す必要はない。

リムがティグルの隣に立ち、告げる。

「私たちの本当の目的は、あなたを地竜から引きはがすことでした。三人がかりであなたを止めて、これから起こる出来事の邪魔をさせないことこそ、我々の作戦だったのです」

ガラハッドは怪訝な表情でリムを睨む。その真偽を彼の顔色からたしかめようというのだろうか。もとよりリムは感情を表に出さないが、今回に限って言えば、いくら看過されたところで問題はなかった。今の言葉は、完全な真実だったからである。

「我々、凡夫の力を知って欲しいのです。ガラハッド卿、三百年前から来たあなたは、影法師なんてあんな災禍でさんざんな目にあった民衆をみたあなたは、さぞや私たちが頼りなくみえるでしょう。でもそうではありません。我々には三百年前にはない力があって、勇気があって、知恵があるということを理解して欲しいと思ったのです。それがギネヴィア殿下の願いなのです」

「あの者の……」

ガラハッドは一度だけ、ギネヴィアと顔を合わせたことがある。彼はあのとき、彼女に対してどれほどの王の資質をみたのだろうか。

あれから、ギネヴィアは成長した。猫の王に認められるまでに変わってみせた。

そして、人は彼女のように変われるのだ。この地を守るためなら、どこまでも強くなってみせよう。その想いの結実が、ここにある。

リムがガラハッドから視線をそらし、自軍をみた。

右翼に集まる兵たちの背後から戦場の側面にまわりこむ騎兵集団があった。土煙を巻きあげておおきく迂回し、斜めから戦場に突入しようとしている。

軽装で、やたらと長い槍を構えた騎兵たちだった。

先ほどまでずっと兵士たちの背後で待機していた騎馬部隊だ。彼らはハロルドとは別系統で、とある目的のために特化した訓練を受けていた。

「ご覧ください、ガラハッド卿。ギネヴィア軍の真の切り札は、彼らなのです」

騎馬部隊は横に広がりながら速度を上げた。この第一陣で、百騎。その少し後ろには同じ数の第二陣、第三陣、第四陣までが控えている。

彼らが突入する先にいるのは、まさかの地竜であった。

五頭の地竜はティグルが開けた穴を乗り越えたり迂回したりで進軍速度に差がつき、個々の間隔がおおきく開いている。それらに向かって、百騎の騎馬部隊は、ほぼ真横から突入しようとしていた。

「なんと」

勇猛果敢で知られる円卓の騎士ガラハッドが、目をおおきく見開く。

「なんと無謀な」

「もちろん、彼らは私同様、人並外れた力などありません。妖精や精霊との誓約もない。ひとりひとりは、ちょっと腕が立つような騎士たちです。でも彼らは、誰よりも勇敢でした。我先にと、この任務に志願してくれました」

彼らのなかには、遅参したにもかかわらず活躍の場を求めた騎士も多い。

正直いって、自分で提案しておきながら、ティグルも最初は気乗りしなかった。ティグルたちが地竜以外との戦いに拘束されたときのための作戦を提示せざるを得なかったとはいえ、その任務はあまりにもおおきな危険が予想されたからである。

それでも最終的には、彼らの熱意を信じることにした。

「ガラハッド卿、我々凡夫には、誇りが必要なのです」

なによりも、ギネヴィアの言葉があった。

「自らの手で勝利を得たという、なにものにも代えがたい功績が、この後の統治に不可欠だと考えるのです」

それは、戦後にティグルたちがこの国に残るといえば必要のないものなのだろう。リネットは生前、なんとしてもティグルとの繋がりを残そうとしていたし、ギネヴィアもそれを後押ししていた。

この内戦における功一等は、すでに竜殺したるティグルヴルムド＝ヴォルンで確定している。そのティグルが去ってしまうなら、彼らアスヴァールの民は、貴族や騎士たちは、なによりもギネヴィアは、なにを誇りとして国を建てなおせばいいのだろうか。

この危険極まりない任務に志願した騎士たちは、その誇りを胸に、巨大な地竜の側面に突撃していく。長い長い槍を構え、一心不乱に、速度を落とさずまっすぐに平原を駆け抜ける。

「あの槍は、すべて竜棘の長槍(スロースパイン)です」

リムが告げた。

鈍い衝突音が響く。先頭の騎士が地竜に身体ごとぶつかっていったのである。

騎士の身体は馬から離れて宙を舞い、幸いにして鎧すらろくにつけていなかったため、地竜の鱗にぶつかったあと、地面に転がり受け身をとった。懸命に起き上がり、脚を引きずり折れたとおぼしき右腕をかばいながら、地竜から離れていく。

勇敢な騎士がそれだけの犠牲を払って突き入れた槍は、鉄の刃すら通さぬと言われる地竜の胴に深く突き刺さっていた。それが一本だけならともかく、騎士たちは次々と突撃し、一頭の地竜あたり五本、六本と突き刺さっていく。

無論、すべての騎士が成功するわけではない。

狙いを外して地竜の脇を通り過ぎてしまう騎士がいた。

地竜の手前に出てしまい、そのまま踏み潰される騎士がいた。

最後の最後で臆病になってしまい、突撃の勢いが足りず槍が鱗に弾かれる騎士がいた。

突撃の途中で不運にも馬が躓き、転倒して首の骨を折る騎士がいた。

突撃には成功したものの、高く飛びあがりすぎて地竜の上に着地し、その後転がるように反対側へ飛び降りた騎士がいた。

うまく受け身がとれず致命傷を負い、そのまま立ち上がれなかった騎士がいた。

この時点ですでに被害甚大、三割の騎士が上手く突撃できず志半ばで斃れた。成功した騎士たちでも馬に乗ったまま離脱できた者はごく少数、馬を捨てて多少の負傷で生き残った者は幸運な方で、たいていは四肢のいずれかの骨が折れている。

自力で地竜から離れられればよいが、そうでなければ地竜のそばで倒れ、助けを待つばかりであった。

地竜たちは、予想外の苦痛に驚き、ひどく暴れた。

そばでまだ生きていた騎士の数名が、その太い脚に蹴られ、吹き飛ばされる。頭部や四肢がちぎれ、かろうじて生きていた者も肋骨や腰の骨を多重に折って自力で立ち上がることはできないだろうと思われた。

ある地竜は頭を振りまわし、馬に乗った騎士を馬ごとかみ砕く。断末魔の悲鳴がたて続けにあがった。動きを止めて、周囲の騎士を始末しようとした個体もある。そばで倒れて呻いていた騎士たちが無残に踏みつぶされていく。

そこに、第二陣が到達した。

彼らは第一陣の惨状をみても恐れることなく、いやむしろ彼らの失敗を糧に細かく突撃の軌道を修正して、いっそう正確に地竜の横腹に槍を突き立てた。

なかには先ほどの突撃で割れた鱗の、わずかに垣間見える肉にめがけて槍を突き立て、見事にそれを成功させる者もいる。その槍は地竜の身体の深くに突き刺さり、確実に内臓を傷つけた。

もっともその後、その騎士は苦痛に身をよじり暴れまわる地竜によって頭を喰われ、生還することが叶わなかった。

第二陣もまた被害はおおきかったが、しかし地竜五頭は完全に足を止めてしまっている。そのうちの一頭、内臓を抉られた個体は苦痛に身をよじりながらも、その力が次第に弱くなっていく様子がありありとみてとれた。

「地竜が……」

ガラハッドが呆然と呟く。

「致命傷を」

ただのヒトが、神器もなき者たちが、恐れ知らずの騎士たちが、何百人と協力して竜を狩ったのである。

かつて伝説では、竜退治は単独あるいは少数の英雄の仕事であった。それを為すために必要なのは個々の武勇と神器であり、多少の小細工など圧倒的な暴力の前にはなんの意味もなかった。

円卓の騎士たちのなかでも、ガラハッドなどはそういった英雄譚が特に多いひとりである。彼は竜の脅威をよく知っていただろうし、竜を退治するという行為が並大抵のことではなしとげられぬと知悉(ちしつ)するがゆえに、ティグルたちを抑えることで竜を守れると断じた。

その判断は正しいはずだった。三百年前であれば。

今は、違う。いやつい先日まであれば、ガラハッドの判断は正しかっただろう。誰も竜を倒せるなどとは思いもしなかった。竜棘の長槍を手に入れた騎士たちも、それを影法師に突き立てることこそ考えど、竜の鱗を貫くなどという無謀に用いることは思いもしなかったに違いない。

英雄がいる。英雄に任せればいい。近くに傑出した存在がいれば、誰もがそう思う。

それでは駄目だ、とギネヴィアは考えた。

「私の愛する騎士たちよ。今こそ、このアスヴァールを守るのは私たち自身の力であれと、そう願って欲しいのです」

彼女は志願した騎士たちの前で演説したのであった。

「あなたがたの命を私に下さい」

ここで命を捨てて欲しいという言葉に対して、騎士たちは熱狂的な支持で応えた。

†

ヴァレンティナは、戦場の西側で発生する異様な光景を眺める。とびきり柄の長い竜棘の長槍を構えた騎士たちが、己よりはるかに巨大な生き物に突撃しては散っていく。

悲鳴と絶叫と怒号が絶え間なく響き渡り、土煙に血の臭いが濃く混じる。

第三陣の突撃が開始された。

すでに地竜たちの足は完全に止まり、最低限の戦術目標であるギネヴィア軍右翼への突撃は阻止された状態である。にもかかわらず、彼らは止まらない。どれほど犠牲を出そうと残った四頭の地竜もこの場で仕留めると覚悟を決めて、無謀な騎馬突撃を敢行する。

誰かが、ギネヴィア殿下のために、と叫んだ。

誰かが、アスヴァールのために、と叫んだ。

仕える者のために。国のために。そう叫んで死地へ向かうものたち。

「これが、王の言葉」

ヴァレンティナは考える。

「私にはできるでしょうか。優れた騎士たちを、ここまで強い信念で固めて動かすような情熱が、はたして私にはあるのでしょうか」

ギネヴィアの演説には迸るような情熱があった。人の心を強く動かすその力は、先日までのギネヴィアにはみられなかったものだ。

ヴァレンティナがみるところ、ギネヴィアは短期間で二度、変わった。

一度目は、ギネヴィア派を立ち上げたときである。

そして親友の死でひどく塞ぎ込んだとき、仕える騎士たちは口々に「どうか殿下に笑顔を」と語っていた。仕える者たちに案じられる君主など失格なのではないか、とは思ったものだ。もっともギネヴィアが塞ぎ込んだ原因の一端は自分にあるから、人前ではそんなこと、おくびにも出さなかった。

ところが、会戦の少し前、軍に戻ってきたギネヴィアは、それまでとはまったく別の雰囲気をまとっていた。その所作ひとつひとつに強く惹きつけられるものを感じたのである。

いったいどういう心境の変化なのだろう。原因はわからないが、きっかけを与えた者については容易に想像がついた。

彼女を連れて戻ってきたのがティグルヴルムド卿であるのだから。

きっと彼がなにかしたのだろう、と事情を知る者たちは噂した。

何人かがティグルに訊ねたところ「猫のおかげだ」と意味不明なことを言っていたという。

まさか彼が、そんな冗談を真面目な顔で言うとは一時、噂になった。

二度目の変態を遂げたギネヴィアは、まさしく蛹から蝶になったかのように、華と艶があった。その声を聞くだけで兵が興奮で拳を突き上げ、騎士たちが熱狂的な視線を送る。今ならギネヴィア軍の大半の兵は、彼女が死ねと言えば即座にそうするに違いない。

「これが王の力」

ヴァレンティナは知った。人に死を命じ、それを容易に為すことができる力。

王の持つ真の力とは、そのようなものであった。

それが過酷な流転する運命のなかで磨き抜かれたが故のものなのか、生来の特性が遂に開花したものなのかはわからない。とにかく今の彼女こそが、本来ヴァレンティナが目指すべき支配者の姿であるはずだった。

そのギネヴィアは、地竜を倒すため命を捨てよとこの騎士たちに命じた。

騎士たちは嬉々として従い、我先に突撃していく。

第一陣、第二陣、第三陣、総勢三百人が命を賭けてもなお暴れ狂う巨大な化け物めがけ、自らこそがこれを仕留めるのだと、これを仕留めることによって自分たちは胸を張り国を守ったと言えるのだと信じて、死の象徴そのもののような存在に向かって突き進んでいく。

「いったいどれほどの王が、人をこれほど嬉々として死地へ向かわせることができるものなのでしょうか」

ギネヴィアは己が得た力をためらいなく振るい、騎士たちを動かした。騎士たちは彼女の覚醒を喜び、ためらいなく己の命を捧げた。絶対の命令と絶対の忠誠。支配の究極がここにある。ギネヴィアは、支配者としての資質をここに証明してみせた。

彼女の覚醒のきっかけをつくったのがティグルヴルムド卿であることは誰の目にも明らかであったが、だとしても彼女の女王としての資格はもはや揺るぎようがない。

第三陣の騎士たちの握る竜棘の長槍が地竜の横腹に突き刺さる。

巨大な化け物の、断末魔の悲鳴が戦場に響き渡った。

†

ギネヴィア軍の本陣が設置された北の丘の頂上では、ギネヴィアが飛び出してしまったあとの指揮をブリダイン公が執っていた。

中央と左翼ではすでにまともな統制などなく、両軍の騎士も兵士もごちゃまぜになった乱戦が続いている。ひたすらに目の前の敵と叩きあうという泥沼である。どちらが優勢ともわからない状態であった。

今のうちに右翼の兵士たちを動かすことができれば、とも思うが、それには彼らが竜棘の長槍で突撃する騎士たちと地竜が死闘を繰り広げる一帯を迂回する必要がある。右翼の二千人以上は実質的に戦場から切り離されてしまった。

戦況は、ほぼ互角。いや、中央では敵軍に勢いがあり、兵士の数でも敵が上まわっている。とはいえ既に突撃の衝力は吸収されてしまったあとで、深刻な脅威とはなり得ないだろう。左翼で行われているギネヴィアとアルトリウスを名乗る者との戦いの結果が勝敗に直結するということだ。

いくら兵士が残っていても、総大将が討たれてしまえば終わりだからである。どちらも後継者がいない。そんな状態で実質的な決闘が行われているのだから、本来であれば狂気の沙汰であった。

「本音を言えば、すぐにでも殿下を拉致して戦場の外へ連れ去りたいのだがな」

思わずそう呟き、近くの部下に聞きとがめられる。ブリダイン公は振り返った部下に「つまらぬ愚痴を言った」と謝罪した。

「いいえ、私も……我々も皆、同じ気持ちです。殿下だけが我々の、アスヴァールの希望なのですから」

「殿下がなさりたいことも、わかってはいるのだがな」

ギネヴィアは王の義務を果たそうとしている。

兵の先頭に立って鼓舞し彼らを死に追いやるという、それは始祖以来の王室の伝統であった。

相手が始祖を名乗っている以上、彼女自身が出ていかなくてはアルトリウスを名乗る者に覚悟の差で負けると、そう信じているようであった。

戦場で命を賭けるのは本来の支配者の仕事ではない、と反論するのは簡単だ。彼女自身の持つ神器は後方で生産拠点にいてこそ機能するものであるという理由もある。

文官の理屈であった。戦場でやりとりされるのは書類ではなく騎士や兵士たちの命である。ギネヴィアはこの半年以上の過酷な体験で、そのことをよく理解していた。

「アスヴァールは生まれ変わる。殿下は身をもって新しいアスヴァールのありかたを示そうとしているのだ」

だからこそ、彼女は始祖を名乗る敵に対して一歩も退けないのである。

ならば自分の仕事は、ギネヴィアの仕事を他の者に邪魔させないよう最善を尽くすことであると、ブリダイン公は理解していた。

「中央に予備兵力を投入しろ。敵の合流を許すな。必ずや殿下をお守りするのだ」

適切に指示を下しながら、彼は待ち続けた。

「右翼が片づけば、ティグルヴルムド卿が殿下を守ってくださる。我々はなんとしても、それまで持ちこたえるのだ」

†

アルトリウス軍の後方で指揮を執るのは、宰相であるダヴィド公爵である。

本来ならば戦場に出るのは宰相の仕事ではないが、円卓の騎士アレクサンドラが重傷により離脱、円卓の騎士ガラハッドには左翼で地竜の守りという重要な仕事があり、アルトリウスが己の武勇に任せて突出する作戦である以上、ほかに適任がいなかった。

無論、これは大陸から来た新参に任せられる仕事ではない。

兵力の不足を地竜で補う編制である以上、長期戦は不利である。他国との戦いとは違い、互いに長弓兵の部隊を保持している。故に距離をとっての削りあいでもやはり数の差で不利。ならば早期に混戦に持っていき、アルトリウスがギネヴィアの喉もとに喰いついて、これを噛み千切るのがもっとも勝率の高い作戦であろう。

完全に個人の武勇を前提にした作戦である。両軍合わせて二万近い大規模な会戦において、個々の武勇はその圧倒的な数に吸収されてしまうものだ。しかしこの戦いにおいては、必ずしもそうはならないという理由があった。

アルトリウス軍には特定少数の個人以外にはほぼ敵知らずの地竜部隊があって、敵軍には地竜を容易く殲滅できるティグルヴルムド卿がいる。

加えて後継者の問題だ。ギネヴィアとアルトリウスは、双方とも子も配偶者もおらず後継者の指名をしていない。どちらかが斃れれば、組織は瓦解する。斬首作戦が圧倒的に有効なのだ。あらゆる状況が、個人の武勇を前提にした戦術を可能としていた。

ところが戦局は、予想外の方向へ展開する。アルトリウスは会戦前の一騎打ちで己の血が流れるところをみせ、己の不死性を自ら否定した。それがなにを意味してのものか、ダヴィド公爵にはわからない。これに関しては陛下を信じるだけだ。

予定よりずいぶん早くアルトリウスがギネヴィアと接触してしまったのも誤算である。それで相手を仕留められればよかったが、状況は膠着している様子だった。

あげく敵はアルトリウスを傷つけることが可能な武器を複数所有していた。それを持った騎士が数で押してくれれば、いかなアスヴァール王国の始祖、いかな傑出した英雄とて万が一ということもある。

「陛下をお助けするのだ。なんとしても血路を切り開け！」

よってダヴィド公爵は、たとえ兵の犠牲が増えたとしてもアルトリウスの援護を優先することを決断する。戦場の勝敗を決するのは、今や右翼での戦いの結果如何であった。出し惜しみをする理由はない。中央を押し上げ、強引な突破を図ったのはそういう理由である。

左翼において地竜が一頭、討伐されたという報告も入ってきた。円卓の騎士ガラハッドが圧されているならば、もたもたしているとティグルヴルムド卿が自由になってしまう。

あの化け物のような人物がアルトリウスを討ちとりに動いた場合、かの始祖といえど、どんな不測の事態が起きるか皆目見当もつかなかった。

最後の札を切るべきなのだろう。

「南に筏を出せ。あの方に伝令を。飛竜（ヴィーフル）を動かし、陛下の救援に」

南に背負った川の向こう側に待機しているはずの者たちに連絡を入れる。

それが、わざわざ川を背に布陣した理由のひとつであった。川の向こう側に一軍を待機させたところで渡河できなければ伏兵の意味がない。

しかし、伏せているのが川を飛んで渡ることができるような存在ならば？

そう、アルトリウスが使役する竜は地竜だけではないのだ。

ほどなくして、川の向こう側から宙に舞い上がる一頭の飛竜の姿があった。

「間に合えばよいのだが」

ダヴィド公爵は鈍色の空をみあげて、ひとりごちる。

†

ティグルはガラハッドを油断なく視界の隅に捉えながら、地竜の群れに突撃する騎士たちの姿を目に焼きつける。

騎士たちは、ギネヴィアのために、国のために、と叫びながら命を捨てていく。なかにはティグルヴルムド卿万歳、と叫ぶ者もいる。

立案段階から無茶が約束された作戦であった。

無謀ではあるが勝算はあった。竜の鱗に対して竜棘の長槍を構えどれだけの勢いで突撃すればこれを破砕できるかは、なんども実験を繰り返して、正確な答えが明らかになっていたのである。

実験を主導したのはリネットの意を受けたブリダイン家の者であり、リネットは「いつ役に立つかはわかりませんが、調べておくにこしたことはないのです」と語ったという。ブリダイン家の書庫には、そういった役に立つかどうかもわからないまま死蔵された記録が山のようにあるのだとも。

今回は存外にすぐ、その記録が役に立った。

人の心は裏切るが、数字は裏切らない。

カル＝ハダシュトの賢人の言葉であるという。

信用できる数字があれば、あとは個々の騎士が命を捨てる覚悟があるかどうか、それだけであった。そしてギネヴィア軍の騎士たちはティグルの想像以上に勇敢であった。彼らの献身が、この地に歴史的な勝利を刻もうとしている。

ヒトが竜に打ち勝つという偉業を打ち立てようとしている。

ティグルはガラハッドに言葉を投げる。

「ボストンで、あなたは言ったな」

「ヒトが竜に敵わないなら、あなたが彼らのかわりに立ち向かう、と」

「言った」

「三百年前はそうだったんだろう。でも今は違う」

ティグルは今こそ、きっぱりとその事実を断言する。眼前で起きている事象をもって証明としてみせる。命を賭けて突撃する騎士たちに代わり、三百年前に人々の想いの代弁者となった男にそのことを告げる。

「今のヒトは、竜を斃せるんだ」

ガラハッドの巌のような顔が崩れ、そこには今、愕然とした表情が浮かんでいた。

口をぱくぱくと動かすが、声にならない。彼のなかの世界ががらがらと崩れていく、その音をティグルは聞いたような気がした。

「たしかに、あなたはボストンでも活躍した。俺だってボールス卿がいなければ、ストリゴイを討伐することはできなかった。でも俺たちがあの場に到達するためには騎士たちの援護が不可欠だったし、彼らはたったの数百人で影法師の群れを突破してみせた」

円卓の騎士たちはいずれも一騎当千の英雄である。三百年前において、それはたしかに、ヒトの生存圏を確立するために必要な力であったのだろう。

長い歳月が経過した。ヒトは数を増し、知恵をつけた。

「もういいのです、ガラハッド卿」

リムが言う。

「三百年後の騎士たちは、英雄の庇護を望まないと決断しました。彼らの想いの結露がこの光景です。ヒトはどれほど強大な敵が相手でも臆することなく戦うことができる。そのための力は、こうしてすでに得たのです」

ティグルはきっと、円卓の騎士たちの側に立つ者だ。今やこの地において英雄と呼ばれる存在である。同時に、長く弱きヒトの立場でモノを見てきた。彼の国にとってティグルの持つ力は蔑まれるべきもので、故に彼は英雄ではない己というものをよく知っていた。

だからこそ、ふたつの視点からものをみることができる。いや、もっとたくさんの視点があるということも理解できる。

ガラハッドの決意は立派だ、とティグルは思う。

しかし、世界は彼の認識のなかにあるものだけではない。

この大地に存在するモノは、人々の持つ世界は、もっとずっと豊饒なのだ。

「俺は」

やがて、ガラハッドが呟く。

「俺の力は、もうこの国に必要ではないのか」

「影法師との戦いでは、皆があなたに感謝しています。今もあなたを信仰する者たちは、あなたがどれほどの偉業を成したか知っています。あなたのおかげで現在があると深く感謝しているのです」

でも、とリムは首を横に振った。

「円卓の騎士の役割は、もう終わりました」

偽アルトリウス軍の切り札であった五頭の地竜は、ほどなくしてそのすべてが地に伏せ、動かなくなった。

第四陣の騎士たちが突撃し、最後の一頭の地竜が断末魔の悲鳴をあげて身をよじる。

生き残った騎士たちが喝采をあげる。後方で待機していたギネヴィア軍の右翼もまた、偉大なる勝者たちに歓声をあげ、負傷し戦場で呻く騎士たちに駆け寄って助け起こす。動けない騎士たちを抱え上げ、戦場の外へ連れ出す。

それは間違いなく、これまでヒトの手に余っていた自然の暴威に対する、ヒトの勝利であった。誰かひとりによる勝利ではなく、皆で力を合わせたが故の勝利であるというところに意味があった。

もはや英雄は必要ない。

この勝利は、雄弁にそう告げていた。

それをまざまざとみせつけられ、ガラハッドはしばし沈黙したあと……。

「皆が、我らの役目は終わったと言ったとしても」

大男は、赤黒い大剣を構えた。

「俺にはまだ、やらねばならぬことがある。ティグルヴルムド卿、リムアリーシャ殿、ヴァレンティナ殿。ここからは俺のためだけに戦ってもらおう」

「それが無意味な戦いだったとしてもか？」

「俺の行為に意味があるかどうか、決めるのは俺だけだ」

「あなたのいう通りだな、ガラハッド卿」

ティグルは弓に矢をつがえた。リムとヴァレンティナも、改めて武器を構える。

言葉は尽くした。そこから得るべきものは得た。ガラハッドは新しい世界の始まりを目撃して、その意味を充分に理解した。

だからといって、それは彼が戦いをやめる理由にはならない。

ここでのティグルたちの役割はすでに終わっている。会戦を有利に運ぶなら、このままガラハッドを振り切って、ただちに左翼で苦戦しているであろうギネヴィアの援護に向かうべきであろう。

ガラハッドは歴史に名を残す英雄であり強敵だが、別に不死でもなんでもない。右翼の兵士たち二千人以上が束になってかかれば、どうしようもない数の暴力に飲み込まれてしまうだろう。万夫不当の豪傑とて個人が相手にできる数などたかが知れている。

ティグルとしては、そんな終わりかたを望んでいなかった。

英雄には、英雄にふさわしい終わり方がある。

リムとヴァレンティナも武器を構え、ティグルを守るように進み出た。

「いざ」

ガラハッドは地面を蹴った。矢のように飛び出し、ティグルに迫る。その進路上に立ちふさがったリムが双頭剣の赤い刃から結界を発生させるも、ガラハッドは赤黒い大剣をおおきく振るい、これを薙ぎ払った。

双紋剣の結界が真っぷたつに両断され、リムの身体が宙を舞う。ガラハッドの突進の勢いはいささかも衰えない。

ティグルは緑の髪の指輪を通して善き精霊モルガンに祈った。この者にどうか安らぎのときあらんことを。とびきりの力を込める。

矢が濃い緑の輝きを放った。

ヴァレンティナがガラハッドの頭上に現れ、大鎌を振り下ろす。ガラハッドは振り仰ぎもせずその一撃を大剣で受けた。それでも頭上からの大鎌の一撃により、ほんのわずか動きが止まった。

その一瞬で充分だった。ティグルは矢を放つ。精霊の加護を受けた矢は、大鎌を受け止めたまま動きを止めているガラハッドをまっすぐに襲った。

ガラハッドが獣のような咆哮(ほうこう)をあげ、膂力に任せて大剣を斜めに振り下ろす。

余波を受けたヴァレンティナの身体がティグルの方に吹き飛ばされた。彼女は大鎌の力を解放して空中を螺旋状に回転しながら姿を消す。このままではティグルの矢の巻き添えを喰らうという判断もあろう。

はたしてガラハッドの大剣とティグルの矢が衝突し、おおきな爆発が発生した。

ティグルの身体が爆風で吹き飛ばされる。宙を舞う彼の手を掴んだ者がいた。リムである。

リムは左手でティグルをかばうように抱えると、青白い結界でティグルと自分の身体を守った。

「何故、ガラハッド卿はかくも戦うのです」

「彼にも矜持がある。俺はそれに応えたかった」

ティグルとリムは抱き合うようにして地面を転がった。

互いに支えあいながら身を起こす。爆風の向こう側で足を踏ん張って立つ者の姿があった。

ガラハッドは、至近距離の爆発に耐えきっていたのである。それより遠くで爆発を喰らったティグルがあえなく吹き飛ばされたのに対して、なんという頑健な身体であろうか。

リムがティグルをかばうように前に立ち、双頭剣を双紋剣に戻す。

「ならば、私の武器が役に立つでしょう」

蘇った死者が双紋剣によって受けた傷は通常の武器によるものより深刻なものとなる。

それは本来の性能によるものではなく、湖の精霊と呼ばれる存在によって付与された加護であるらしかった。サーシャからその一件は聞いているだろうし、ストリゴイとの戦いで共闘した彼は当然、近くでリムが戦う姿をみている。

とはいえ、ティグルの黒弓による攻撃が通じない以上、ほかに手はない。

煙の向こう側から、ガラハッドがゆっくりと一歩を踏み出してくる。大剣を右手一本で振るった。旋風が巻き上がる。リムが赤い刀身を突き出し、結界を張って突風を防ぐ。

ガラハッドが地面を蹴って突進する。ティグルは矢筒から矢を四本、まとめて抜くと次々に放つ。ガラハッドは大剣を軽々と振るい、その矢を叩き落としながら距離を詰めてくる。

ヴァレンティナがティグルの矢とタイミングを合わせてガラハッドの左側面から強襲し、大鎌で横殴りの一撃を見舞う。身体の向きを変えなければ大剣で合わせられぬ斬撃だ。

だがガラハッドは這うほど深く身を沈めて大鎌をかわしてみせた。驚異的に柔軟な足腰で、その身をバネにして前に跳ぶ。

ところがその跳躍の直前、リムはガラハッドの目の前にいた。ガラハッドが驚愕に目をおおきく見開く。ほんのわずか、彼の注意がヴァレンティナにそれたその瞬間を見抜き、リムは思い切って距離を詰めていたのである。

リムが赤い剣で刺突を放つ。ガラハッドは地面を蹴った直後の態勢のまま、大剣を振り下ろす。リムの剣が弾き落とされ、彼女自身もおおきく体勢を崩す。ガラハッドは肩からぶつかっていって、彼女の身体を吹き飛ばした。

ガラハッドはおおきく前進し、着地する。

そこで、立ち止まった。

ひとつ呻き、己の胴に視線を落とす。胸もとの鎧の隙間に双紋剣の青い刃が深く埋まっていた。リムは赤い剣で刺突を放つと同時に、青い剣を投擲していたのである。それはガラハッドの鉄壁の守りを抜き、致死の穴を穿っていた。

「見事だ」

ガラハッドは感嘆の声をあげ、青い剣を引き抜く。刃についた血を丁寧に布で拭って、尻もちをつきようやく身を起こしたリムに投げ返した。

大男の全身から赤い粒のようなものが漏れ出す。

「その光は……」

ティグルとリムは同時に呻く。ふたりはその輝きを知っていたのだ。そう、かつてパーシバルが暴走する直前、致命傷を受けたその身から発生していた輝きである。

ティグルは、ボールス卿も消える前に同じようなことになった、その様子をみていた。もっとも彼の場合、力ずくでそれを抑えこみ、笑って消えていったのであるが……。

これまでの諸々から考えて、それが悪しき精霊マーリンが仕掛けた悪辣な罠のひとつであることは間違いなかった。

パーシバルが暴走したときは人里離れた山奥であったから最低限の被害で済んだのだが、ここは両軍合わせて二万人近い兵士がいる戦場で、コルチェスターもさほど遠くない。ガラハッドが暴走すれば、一帯にひどい被害が出るだろう。

「彼の身体から溢れだす禍々しい輝きは、なんなのですか」

ティグルのそばに現れたヴァレンティナが囁き声で訊ねてくる。詳しい説明をする暇はなかった。

「ガラハッド卿！」

ガラハッドは声をかけたティグルの方を向き、ひとつ重々しくうなずく。わかっている、と言わんばかりの態度であった。

彼とボールスには、ボストン攻めの前にパーシバルの暴走の様子を詳しく説明してある。己の現状について、よく理解しているに違いない。しかし、この状態の彼に、暴走を止めるどのような手段があるのだろう。

はたして……。

「みてくれ、我が友！」

ガラハッドが天を仰ぎ、大声で叫んだ。

「俺は満足したぞ！」

次の瞬間、雷を浴びたように、ガラハッドの全身が激しく痙攣した。ガラハッドは赤黒い剣をとり落とす。全身にみなぎっていた強い力が抜けていくありさまを、ティグルはすぐ近くで呆然と眺めた。

いったいなにが起こったのか。彼はなにをしたのか。

ガラハッドはティグルと視線を合わせた。

「嘘をついた。俺はまだ満足できていないらしい」

大男は、にやりとしてみせる。

「困った。友たる妖精との誓約が破棄されてしまったようだ」

「ガラハッド卿、あなたは、自分が暴走しないために……」

「俺を討て、ティグルヴルムド卿」

ガラハッドは両腕をおおきく広げた。そうしている間にも、彼の全身から放たれる赤い粒子は、ますますその輝きを強くしていく。

「ガラハッド卿」

「さあ、俺が俺でいられるうちに」

ティグルは決意し、うなずいた。黒弓に矢をつがえ、精霊の力を込める。ガラハッドの胸もとに狙いをつけた。

奥歯をきつく噛んだ。

「討て！」

ガラハッドの叫びに呼応するように、弓弦を解き放つ。

放たれた矢は、ガラハッドの胸もとに吸い込まれるように突き刺さった。今まさに爆発的な広がりをみせる寸前だった赤い粒子が矢の緑色の輝きに吸い込まれるように収縮する。

「これで、よい」

ガラハッドは両足で踏ん張りながら、絞り出すような声で告げる。

「アスヴァールを統一したあと、我が人生は失意で満ちていた。陛下の妻を失ったお気持ちを汲みとることができず、我が友ランスロットがたったひとり大陸に赴くことも止められなかった。民を助けるためと島中を巡ったのも、今となってみれば心のなかの空洞を埋めようとするあがきであった。多くの友を得て、多くの悪しきモノを退け、しかし最後まで満足のいく戦いだけは得られなかった」

ガラハッドは目をつぶる。

「俺が渇望(かつぼう)したものは、ここにあった」

その屈強な身体が、頭部から、肩から、赤い光の粒となって消えていく。さきほどまでのおそろしい輝きとは違う、暖かい光だった。

頭部が消え、胴が消えてもガラハッドは両足で、大地を巌のようにかたく踏みしめていた。最後に足先が消えるまで、彼はそこから微動だにしなかった。

全身が消えたあと、残ったのは赤黒い大剣だけだった。

あれだけの死闘を潜り抜けて、その刀身は刃こぼれひとつしていない。

戦いの間は離れていたイオルたちが駆け寄ってきて、ティグルの汗を布で拭き矢筒をとり換える。

「始祖アルトリウスはアスヴァール島を統一して、戦争がなくなり、民は豊かに暮らした。めでたし、めでたし。この島に伝わる昔話です」

高原地方の羊飼いの間でも当然ながら建国の物語くらいは伝わっているという。

「円卓の騎士たちも、その半分以上は羊飼いだったと村では教えられました。でも彼らは戦いが終わったあと、羊飼いには戻らなかった。その話を聞いたとき、なんで騎士を続けたのか疑問だったんです。でも、あの人をみていたら、なんとなくわかった気がします。戻らなかったんじゃなくて、彼らはもう羊飼いには戻れなかったんですね。それくらい、己自身が変わってしまったから」

彼らが本当に羊飼いだったかどうか、ティグルにはわからない。だが大業を成した彼らが、もとの暮らしに戻らなかったのは事実であった。名を揚げ功を成し、ついには英雄となった彼らは、もはやただ、前に進むしかなかったのである。

――俺は、これからどうするべきなんだろうか。これからどうなるんだろうか。

新しい矢筒のなかの、二十本の矢。そして腰のベルトにはランスロットの剣を加工した三本の特別な矢を挟む。右手には黒弓。ティグルの武器はこれですべてだ。

ギネヴィア軍の右翼が前進を始めていた。地竜という脅威が去った今、ギネヴィア軍は右の翼を折りたたみ、敵軍の中央を包囲するべく運動を開始しているのだ。数に劣る偽アルトリウス軍には、もはやこれを阻止する方法がない。

とはいえ、敵の中央は損害無視の大攻勢によってギネヴィア軍の中央から左翼を今しも食い破ろうとしている。包囲が間に合うかは微妙なところだった。

会戦は終盤に差しかかっている。ようやく一戦終わったばかりで疲労の色が濃いティグルたちだったが、彼らにはまだ役割があった。いや、これからが本番といっていい。

「リム、ヴァレンティナ殿。俺たちでアルトリウスを討ちとる」

ティグルは告げた。ヴァレンティナとリムがうなずき、ティグルのそばに寄る。イオルたちは馬を連れて下がった。

「ティグル様、どうかご武運を」

口々に声をかけてくる従者たちに別れを告げ、ティグルはヴァレンティナに視線を向ける。馬や徒歩で移動する時間の余裕は、もはやない。彼女の持つ大鎌の力だけが頼りだ。

「参りましょう」

ヴァレンティナが大鎌エザンディスの力を解放する。

次の瞬間、ティグルの視界が切り替わる。

†

ティグルたちが戦場の西側から消えた、その直後のことである。

戦場の南を流れるコルネ川の対岸から飛び立った一頭の飛竜が、進軍を開始したギネヴィア軍の右翼を強襲した。急降下し、二千人以上の軍勢に襲いかかる。不運な兵士がその口でつまみあげられた。舞い上がった飛竜は低空で旋回する。

食いちぎられた兵士の腕だけが、ぽとりと落ちてきた。

「飛竜だ！　まだ竜がいた！」

整然と行進していた兵士たちは悲鳴をあげて逃げ惑い、あっという間に隊列もなにもない状態となった。

しかし飛竜は兵士たちに対してそれ以上の攻撃を行わず、ゆっくりと旋回しながらふたたび高度をあげると、東に飛び去る。

安堵の息を吐く兵士たちだったが……。

右翼の指揮官は、気づく。

周囲の者たちは、その場にへたりこんでしまっていた。緊張の糸が切れ、脱力してしまっている。この部隊がふたたび起き上がり、隊列を整えるまでにはそうとうな時間がかかるだろう。それこそ、この会戦が終わるまでに立ち直れるかどうか。

「やられたな。ただひとりを殺すだけで、一軍を無力化するとは」

そういえば、あの飛竜には人が乗っていた気がする。

兵士にしては細身であったように思うが、はたしてどんな勇気の持ち主が、あの恐ろしい飛竜を御しているのだろうか。

東の空をみる。

アルトリウスを名乗る者の援軍に向かったとおぼしき飛竜は、そこで急降下の体勢に入っていた。あそここそが、きっとこの会戦における最後の激戦の舞台であろう。

「ティグルヴルムド卿、どうかお気をつけて」

地竜を仕留めた騎士といえど、翼がないヒトの身である、あの飛竜まで相手にすることはどのみち不可能であった。英雄に任せるしかない。

ギネヴィアは、次第にアルトリウスを名乗る者に追い詰められつつあった。

彼に有効な槍を持つ騎士たちは次々と負傷で戦線を離脱し、かわりの騎士がその槍を握ってギネヴィアの盾となる。

最初から戦っているのは、もはやハロルドだけであった。

そのハロルドも赤黒い小剣による刺突（しとつ）や衝撃波を受け、あちこち傷だらけであった。本来ならば撤退させてやりたいが、ここで彼まで後方に下がれば敵に対抗できる腕の持ち主がいなくなる。

なによりハロルド自身は未だ士気旺盛（しきおうせい）、闘志を剥き出しにしている。妹の仇を討つまでは膝を屈するわけにいかぬと、アルトリウスを名乗る者に対して果敢に挑んでいた。

それでも、この敵には届かない。始祖を名乗る者は余裕の表情でハロルドの槍を捌（さば）き、反撃を入れる。残るふたりの騎士が身体を張って敵とハロルドの間に割って入り、鋭い刺突を浴びて倒れた。

次の騎士たちが槍を拾い、臆（おく）することなく進み出る。アルトリウスを名乗る者はハロルドを追撃しようとするが、ギネヴィアは花の乙女の杖（ヴロダヴィイズ）で結界を張ってそれを妨げる。

ハロルドが反撃の刺突を繰り出す。アルトリウスを名乗る者は後ろに跳んで、槍の間合いから離れてしまう。

じわじわと戦力を削られていた。とはいえ、時間はギネヴィアの味方だ。ギネヴィア軍の右翼にいるティグルヴルムド卿とリムアリーシャ、ヴァレンティナの三人がこちらに来れば、手札が揃う。反撃はそれからでいい。

「弓を待つか。なるほど、正しい戦術だ」

と、アルトリウスを名乗る者は視線をギネヴィアたちから外し、西の空を仰いだ。ティグルヴルムド卿がガラハッドと戦っているはずの方角だ。

「ガラハッド卿、大儀であった」

戦場の喧騒のなかで、その呟きはなぜかギネヴィアのもとに届いた。

ギネヴィアは西側でなにが起こったのか理解した。喜色が表に出ぬよう、懸命に表情を引き締める。

アルトリウスを名乗る者が、ギネヴィアに振り向いた。不敵に笑う。

「ここからが本番だ」

背筋に冷たいものが走った。

「まさか……」

アルトリウスを名乗る者が地面を蹴って突進する。今までとは段違いの素早い動きに、ハロルドとふたりの騎士が、たったの一歩で抜き去られた。敵は一直線に、馬上のギネヴィアに迫る。

「殿下！」

背後から声が届く。それが誰かは振り返らずともわかった。

「ティグルヴルムド卿！」

彼が来たのだ。ついに。

ギネヴィアは馬を捨て、鞍を蹴って後ろに跳んだ。アルトリウスを名乗る者の小剣が煌めく。馬の首が刎ね飛ばされた。

横から手を引っ張られる。リムアリーシャだった。

「ご無礼」

ギネヴィアは、彼女が本命の一撃のために射線を空けたのだと理解する。はたして、緑の輝きを伴った一筋の光が、迫る敵の総大将に向かって一直線に伸びた。

善き精霊（シーリーコート）の力がこもったティグルヴルムド卿の矢である。当然、ランスロットの剣をギネヴィア自らが花の乙女の杖を使って加工した、特別な鏃（やじり）の矢であろう。

相手は身をよじり、頽れかけるギネヴィアの馬の横腹を蹴って、その光を避けようとする。だが緑の光の筋は敵の動きに追従した。弧を描いてアルトリウスを名乗る者に迫る。

狙った者をどこまでも追いかけるその力は、精霊の血によっていかなる攻撃も効かぬとおぼしき目の前の男に対しても有効であった。

ティグルヴルムド卿とリムアリーシャが、過去の光景をみて知った、彼の数少ない弱点のひとつである。一度狙われれば、避けることすらできない。そのはずであった。

だが、本当に……？

「ティグルヴルムド卿、あなたは勘違いしている。その武器に与えられているのは、どこまでも追尾して相手に当てる力なのだよ」

だから、とアルトリウスを名乗る者は、身をもって正答をみせる。すなわち……。

彼はもう一度、空中で身をひねったのだ。

黒衣がふわりと広がり、矢は彼がわざわざ差し出した左腕、その手に握られた小剣のすぐそばを通り抜けると、彼方へ飛び去って、空の彼方で爆発を起こした。

それで、終わりだった。

アルトリウスを名乗る者は地面に着地する。まったくの無傷であった。いや、ギネヴィアにはそうみえた。

「ここだ。ここをみるがいい」

彼は小剣を握った左腕を掲げてみせる。手の甲からほんのわずか、血を流していた。

「ティグルヴルムド卿、あなたの放った矢は、わしの手の皮を削った。見事、この身に傷をつけてみせたのだ。誇ってよろしい」

「そういう、ことですか。ここまですべて、あなたの想定内ということ」

ギネヴィアはようやく、何が起こったのか理解した。戦慄に身を震わせる。

目の前の男は、矢の持つ「必ず当てる」という力を無駄打ちさせるため、わずかに己の身を削ることでそれ以上の被害を逃れたのである。

当然のことながら円卓の騎士ランスロットはかつて彼の部下であった。その剣が持つ能力もよく知っていたに違いない。何度も剣を合わせ、特性を知悉していたが故に、それが敵にまわったときの対策を打つことも簡単だったのだ。

つまり、彼がランスロットの剣と鎧をティグルに渡したことすらも罠のひとつだったのだろう。

始祖アルトリウス。その能力を知るギネヴィアたちが対策を練ることは想定内だったに違いない。おそらくそれは、完全に無敵の力ではないのだ。予想外の弱点を晒すくらいなら、自ら相手に弱点をくれてやる方が、よほどわかりやすく手を打てる。

だからこそ、彼は高原地方で褒美と称して自らの弱点となるものを差し出した。

それを用いてギネヴィアが矢を用意することも想定内だった。

会戦に先立つ一騎討ちで、矢が己に有効であることを実演してみせたのも、その延長線上にあるものだ。

何をしてくるかわからない理外の英雄であるティグルヴルムド卿の一手が予測できるなど、

しかもそれが彼にとって慣れ親しんだ、すでに対策が山ほどできている一手であるなど、これほどの僥倖はないというものであろう。

ギネヴィアたちは、みすみすそんな相手の誘導に従ってしまった。

もし、と考えてしまう。

もしリネットが生きていたら、彼女はどんな洞察で、ここまでの展開を読んだだろうか。別の対策を編み出していただろうか。ここまで相手が読んでいることを前提として、それ以上の読みをみせてくれただろうか。

いずれにしても、彼女はもういない。ギネヴィアは自分たちが戦いの前の心理戦で完膚なきまでの敗北をきたしたことを今こそ知った。きっとティグルヴルムド卿も同様であろう。

ちらりと、背後に視線をやる。

我らが英雄が絶望する顔を予測して……。

違った。

「さすがだ、アルトリウス」

ティグルヴルムド卿は敵と同様、不敵に笑っていた。この展開すらもお見通しであるとばかりに次の矢を弓につがえようとしていた。

彼はなにひとつ油断していなかった。最初の矢が外れたときのために、いや外れると確信していたかのような動きで、次の手を打とうとしていた。

「だとしても」

ティグルヴルムド卿が告げる。

「まだ何も、終わっていないさ」

†

ティグルは別に、アルトリウスが自分の渾身の一撃を必ず避けると思っていたわけではない。一撃で仕留められなかったことに落胆する気持ちはある。

だが失意で士気が下がるようでは、隙をみせるようでは、とうてい一流とはいえない。常に失敗したときのことを考え、次の手を打っていく。あらゆる可能性を考慮して、獲物と真剣に向き合うのであると、アルサスの近くの森で、老いた狩人は子どものティグルにそう語った。

その心得がなくては、とうてい今の歳まで生き延びることはできなかったであろう、と。

老人の身に刻まれた数々の傷は、猛獣の鉤爪の痕や牙の痕であった。追い詰められた獲物は、時に予想もしなかった行動に出る。致命傷を負ってなお反撃してくる獲物もいるのだと、老狩人は自らの身体でティグルに教えてくれた。

アルトリウスの真意は未だにわからない。

なぜ会戦の前にわざわざ己の弱点を晒してみせたのだろう。そもそも弱点となりうるものをティグルたちへの褒美としたのだろう。まるで自らの敗北を望んでいるかのような行動だった。

あえて弱点を晒し誘いをかけた、とも考えられる。

ティグルの直感は、そうではないと言っていた。そもそもアルトリウスには、己に弱点があると教える必要がない。彼の能力はあまりにも初見殺しだ。対策を練るための二戦目を与えなければ、それで済むだけのこと。

深読みしては駄目だ、とティグルは思った。彼は、ただ、そう。彼を偉大なる征服者、偉大なる王として考えるからいけない。王としての、領主としての戦略や策謀や虚言や装飾、そういったものはすべて、彼を理解するうえで不要な要素にすぎない。

ボールスの言葉を思い出す。

「陛下を頼む」

消える間際、彼はそう言った。

「どうか、終わらせてやってくれ」

とも。ティグルは懸命に、過去の光景でみた彼の姿を脳裏に描く。王となる前の彼は、仲間と共に草原を馬で駆けていたころの彼は、ボールスと共に笑って肩を叩きあっていたころの彼は——。

不意に、理解した。

すべての虚飾を剥ぎとったあと残ったものが真実ならば、彼の本質は……。

——素顔のアルトリウスは、一介の騎士なのだ。

始祖アルトリウスは、円卓の騎士たちと同じ焚き火で飯を食べて育った。なのに何故、彼だけが特別であるだろうか。

これまで円卓の騎士たちがなにを望んでいたか。どんなことに満足して消えていったのか。そう考えれば、最初から答えはひとつであったのだ。

アルトリウスは公平な勝負を望んでいた。

そのうえで勝つための最善を尽くそうとしている。

パーシバルもガラハッドも、最後の戦いの相手となったのはティグルとその仲間であった。ボールスはティグルを相棒として魔物を倒し、満足して消えた。で、あるならば……。

彼が望むものは、今、この瞬間に与えられたのである。あとは互いに死力を尽くすのみであった。

ティグルとアルトリウス、互いの視線が交わる。

相手の望みを叶えることに意味があるのか、という問いは無意味だろう。

彼らは英雄として名を残し、ひとつの国をつくりあげてなお、二度目の生を決断するほどの強い渇望(かつぼう)が残ってしまったものたちである。若造のティグルなどでは想像もつかない高みに達して、なおも尽きぬ想いとは、いかばかりのものか。

ただ真正面からぶつかるしかない。

重苦しい雲に覆われた空のもと、英雄たちは対峙する。両者の距離は、およそ二十アルシン（約二十メートル）。

「ヴォルン伯爵家、ウルスの息子、ティグルヴルムド＝ヴォルン」

「わしは……いや俺は、ただのアルトリウスとして相対させていただく」

ティグルは弓弦を引き絞る。緑の髪の指輪が輝き、鏃に精霊の加護が宿った。

アルトリウスは小剣を構え、膝を曲げる。

「いざ尋常に、勝負」

ティグルは矢を射る。アルトリウスが地面を蹴って爆発するように飛び出す。

次の瞬間、巨大な影が頭上を覆い、大気が割れた。

飛竜であった。

突如として上空から突っ込んできた飛竜が翼をはためかせ、強烈な旋風を巻き起こしたのである。

ティグルの矢は攪拌された空気の流れを突き破ってアルトリウスに迫った。一方のアルトリウスは、小柄な身体ゆえ空中で体勢を制御することも難しく、強い風に押し流されて、その進路がティグルの正面からおおきくずれる。

矢は、その鏃に付与された力によってアルトリウスを追尾した。アルトリウスがどこまで逃げてもそれを追い続けるはずであった。とはいえ結果的に相対速度(そうたいそくど)は減じられ、アルトリウスは身を傾けさせながらも、その目でしっかりと矢の軌道を追い続けている。

飛竜の上に乗る人影を、ティグルはみつけた。

女だった。

「サーシャ！」

リムが叫ぶ。円卓の騎士アレクサンドラは己の腕を飛竜の鱗の突起部に結びつけ、急な動きでも振り落とされないように身を低くして懸命にしがみついていた。

平素の彼女であれば、ぶざまに縄で己と乗騎を結ぶことなどしなかったに違いない。たとえそれが飛竜であっても、である。それだけの力と平衡感覚が彼女にはあったはずである。

今、それができないのは、彼女の身体がそれだけ衰えたからだ。

おそらくは、未だに高原地方で受けた傷が、あるいはマーリンに反逆したことによるなんらかの影響が抜けきっていないのである。そんな状態にもかかわらず、彼女はここに現れた。おそらくは偽アルトリウス軍の戦術のひとつとして、飛竜を駆って。

ところが彼女の出現によって、アルトリウスは危機に瀕しているようにみえる。決闘を邪魔され、ティグルとの距離を詰める千載一遇(せんざいいちぐう)の好機を逃した。

いや、これすらも彼の計算にあるとしたら？

ティグルたちは、この飛竜の出現をまったく予期していなかった。たしかに高原地方でアルトリウスが飛竜に乗って現れた場面はみていたが、サーシャまであれを乗りこなすとは思ってもみなかった。

入念な準備があったはずである。アルトリウスが知らなかったはずがない。なにより彼が今、手にしている武器は本来、サーシャのものであったのだから。

そういえばアルトリウスが握る小剣は、本来、サーシャの双剣の片方であった。彼は隻腕で、双剣の片方だけで充分なのだ。であれば、もう片方の小剣を持っているのは誰なのか……。

この状況に至った今であれば、それは明らかである。

ひょっとしたら、アルトリウスがサーシャの武器を握って現れたことそのものが、この最後の円卓の騎士の参戦を隠すためであった可能性すら存在した。

――だとしても、俺の相手はアルトリウスだけだ。

ティグルは素早く三本目の、つまり最後の対アルトリウス用の矢を抜き、黒弓につがえる。二本目の矢はまだアルトリウスに当たっていないが、うまく対処されるだろうという直感があった。

サーシャが己の手と飛竜の鱗を縛っていた縄を赤黒い小剣で斬り、身を起こす。人の背丈の高度で上下する飛竜から身を躍らせ、地面に着地する。

そんな彼女に左右から飛びかかる者たちがいた。

リムとヴァレンティナだ。普段のサーシャであれば、一合で彼女たちを蹴散らしただろう。

だが今の、万全の体調ではない彼女であればどうだろうか。

はたして、サーシャの赤黒い小剣が煌めく。

ヴァレンティナの大鎌が弾かれ、おおきく宙を舞う。リムはサーシャの胸もとめがけて双頭剣の青い刃で刺突を見舞った。

サーシャは最小限の動きで身体の軸をずらし、紙一重でその一撃をかわしてリムに踏み込む。

「あなたであれば、そうなさると思っていました」

リムは言う。たしかに彼女はサーシャの動きを的確に予想していたようだった。青い刃が爆発的に輝き、刃の側面にまわりこんだサーシャを襲う。

サーシャにとっては初めてみる攻撃のはずだった。だが彼女は、まるで最初からそれを予測していたかのように横へ跳び、その青い爆発を回避してみせる。

そのまま地面に片手を突いて、反動で跳ね起きる。少し距離はあったが地面を蹴って、まっすぐリムのもとへ突っ込もうとした。

それがサーシャの思惑通りに行っていたら、リムはなすすべもなく斬り殺されていただろう。

そうはならなかった。サーシャの身体は、まるで糸が切れた操り人形のように空中で体勢を崩し、次の一歩もままならず地面に頽れたからである。

「残念だ」

口の端をつり上げ、サーシャは呟く。

「僕は、ここまでだね」

　限界だったのだろう。いや、とうに限界を超えていたのだろう。そもそも戦場に出られるような身体ではなかったのであろう。

　それでも彼女は、己に与えられた一瞬を最大限に利用して場を支配してみせた。ふたりの神器持ちを相手に、わずかな時間とはいえこれを圧倒し、己に引きつけてみせた。今の己に成せる最大の戦果を挙げてみせたのである。

　絶大な効果があった。限られた時間とはいえ戦場を制圧し、アルトリウスが完全に自由に動く隙をつくることができたのだから。

　アルトリウスはこの機を逃さなかった。飛竜の起こした旋風によって軌道が変化し、予想外の場所に着地したものの、その変化すらも利用してティグルの二射目に対応する。鏃を正確に、小剣の刃で切り裂いてみせたのである。

　真っぷたつになった鏃はさすがに追尾の能力を消失し、あえなく地面に叩き落とされた。

　アルトリウスがティグルに向かって突進する。

　ティグルは緑の髪の指輪から力を引き出している最中だった。このまま最後の矢を放ったところで叩き落とされることは目にみえていた。今できる最大の一撃をぶつけるしかない。だがそのためには、ほんの少しだけ時間が足りない。

　ティグルは弓を矢につがえたまま、後ろに跳躍する。

　だがアルトリウスは、ティグルがその動作に移る直前に、次の一歩をおおきく踏み出していた。ティグルの動きを完全に読んでいたのである。まずい、とティグルは顔を歪めた。

　そのティグルの前に立ちふさがる者がいた。ギネヴィアである。

「そこまでです、簒奪者」

　ギネヴィアは花の乙女の杖を構え、その先端から青白い結界を展開する。

　アルトリウスは小剣を煌めかせた。赤い衝撃波が結界を襲うが、ギネヴィアは両手で花の乙女の杖を握って懸命にこらえた。だが、彼女にできることはそこまでで、次のアルトリウスの動きにはまったく対応できない。

　アルトリウスはギネヴィアに衝撃波を放った直後、背後の地面に向かって二発目の衝撃波を放っていたのである。反動で爆発的な加速をした彼は跳躍し、ギネヴィアの展開した結界を足場にして更に高く跳んだ。

「私を踏み台にするというの！」

「無謀の対価を支払ってもらう」

　アルトリウスは更にもう一度、今度はギネヴィアの無防備な頭上から真下に衝撃波を放つ。

　彼女を、敵軍の総大将を、行きがけの駄賃に仕留めようというのだ。

　そのもくろみは間一髪、ギネヴィアを突き飛ばした人物によって阻止される。

　ハロルドであった。彼は主の代わりに赤い衝撃波をその背に受け、くぐもった呻き声をあげて倒れた。ギネヴィアもまた完全にはその攻撃を避けきれず、左脚から血しぶきをあげて地面を転がる。どちらも致命傷ではないようだが、戦線復帰はほぼ不可能だろう。

だがその献身によって、アルトリウスはほんの一瞬、無防備となった。彼の手の小剣は下向きに衝撃波を放った直後で、その身はギネヴィアの結界を飛び越えたことで宙高く、ティグルの前にその身を晒している。

ティグルは緑の光に包まれた矢を放った。

緑の光輝に包まれた矢はアルトリウスの身体に吸い込まれ……。

アルトリウスはティグルに対して赤黒い小剣を投擲した。その一撃は正確にティグルの胸もとに狙い定められていた。空になったその手で胸もとに飛来したティグルの矢柄を握る。その鏃はアルトリウスの胸もとに突き刺さるも、その先端が内臓に達する寸前で静止した。

「ティグルヴルムド卿！」

ギネヴィアが倒れ込みながらも花の乙女の杖から衝撃波を放つ。その目標は上空のアルトリウスではなく、ティグルであった。ティグルは衝撃波によって吹き飛ばされる。

赤黒い小剣の狙いが逸れ、ティグルの脇の地面を削った。雑草が跳ねあがり、土煙が派手に舞い上がる。

同時にティグルの左手に痛みが走る。紙一重、避けたと思った赤黒い小剣であったが、その刀身は緑の髪の指輪をかすり、これをティグルの指から剥ぎとったのである。

精霊の緑の髪が、千々に乱れて宙を舞う。

ティグルは善き精霊モルガンの力が飛散し消滅していく感覚を覚えた。

精霊の加護は失われたのである。黒弓も力を失った。もはや彼は、なんの助力もなく、たったひとりで始祖アルトリウスに立ち向かわなければならなかった。

そのアルトリウスは地面に着地し、ティグルに対して次の一歩を踏み出している。

彼我(ひが)の距離は、たったの二歩。アルトリウスは胸に刺さった矢を抜く暇さえ惜しみ、懐から予備の短刀を抜く。この短刀でティグルの喉を引き裂くのは、歴戦の英雄にとって児戯に等しいだろう。

だがティグルはそのとき、ギネヴィアからの衝撃波で吹き飛ばされつつも流れるような動作で矢筒から次の矢をとり出していた。

三本、同時に。

弓に三本の矢をまとめてつがえると、立て続けに放つ。アルトリウスが空中にいるうちに、その三本は時間差で彼に迫る。

あまりにも素早いティグルの追い打ちに、さしものアルトリウスも対応が遅れた。もっとも、この三本の矢は鏃になんの工夫もない、ただの職人の手によるものである。アルトリウスの持つ精霊の力により、その身に刺さってもなんの意味もない。

故に、であろう。アルトリウスはこの三本の矢を無視する。

ただの悪あがきなど無視してティグルとの距離を詰め、喉を切り裂くなり腕を切るなりすれば、ギネヴィア軍の勝機は完全に消える。そう信じて最後の一歩を跳躍する。

明暗を分けたのは、ティグルがすでにサーシャという卓越した体術の持ち主と戦ったことがあるのに対して、アルトリウスが過去の生まで遡ってもティグルほどの弓矢の使い手と本気で戦ったことがなかったという、単純な事実であった。

ティグルの矢の一本目が、アルトリウスの身体に半分だけ刺さった矢の背に突き刺さる。二本目は一本目の矢の背に、三本目は二本目の矢の背に。

三本の矢が一列になって、アルトリウスの胸に刺さった矢を奥まで押し込んだ。

ティグルとて、もう一度やれと言われても成功できる気はしなかった。

それでもこのときだけは、絶対の確信とこれしかないという信念でもって、たて続けに矢を放った。少しでも躊躇していたら自分が殺されていただろうし、訓練された身体の動きは頭で考えるよりずっと素早く状況に対応してのけたのである。

対してアルトリウスは、ティグルの矢が三本きりで、それ以外の攻撃手段はないと確信した動きであった。その見切りは優れた君主の資質であろうが、命を賭けた戦いを繰り返して磨き抜かれた嗅覚に関してはティグルに一日の長があったということである。

アルトリウスは、己の優越に自信がありすぎたのだろう。

本当の彼の弱点は、その点であったのだ。ティグルにとっては、警戒心の強い森の動物より、よほど容易い相手であったといえる。駆け引きの必要などないと驕る動物など、優れた狩人にとっては子兎を狩るより簡単なことであった。

分厚い雲の切れ間から光が差し、アルトリウスとティグルの姿を照らし出す。

アルトリウスはティグルに飛びかかる途中で体勢を崩し、地面に転がる。近くの偽アルトリウス軍の騎士が、「陛下」と悲鳴のような声をあげた。

そう呼ばれたアルトリウスが、ゆっくりと身を起こす。その身には深く一本の矢が突き刺さっていた。

アルトリウスはティグルと視線を合わせる。一歩、進み出ようとして、吐血した。その身が揺れ、倒れそうになる。膝をふんばり、かろうじてこらえた。あまりにも弱々しい、この国の始祖の姿であった。

気づくと、戦いの音が止んでいた。敵も味方も手を止めて、ティグルとアルトリウスを凝視している。誰もが、長きに渡る内戦が今、このとき終わったのだと理解していた。

「見事」

少年のような年恰好のアルトリウスが、しわがれた声で告げる。その全身から赤い燐光が生まれ、周囲に散っては宙に溶けていく。

「パーシバル卿も、ボールス卿も、ガラハッド卿も、己の望む戦いの場を求めていた。アルトリウス、あなたの本当の望みはなんだったんだ」

「わしの望みか」

　アルトリウスは口の端をつりあげる。

「望みはすでに、とっくの昔に叶っていたのだ」

「それは？」

「ヒトの世の未来に栄華あらんことを」

　それはこの場においても、ごく一部の者たちにしか伝わらない言葉であった。

　アルトリウスと他の大半の者たちとでは、ヒトとは何か、という定義すら異なっているのだろう。ティグルをはじめとした少数のみが知る、いくつかの事実を理解し、よく咀嚼したうえでようやく導き出せるものがある。

　半精霊であるアルトリウスが望む、ヒトの世の未来。

　そこには己の居場所すらなかった。己の血脈すらもいらなかったのだろう。彼が否定しようとしたのは精霊や妖精といった、今やヒトの世において一般にはおとぎ話のなかにしかいない者たちの世界であるという、今の時代においてはまったく非合理な事実である。

　三百年という時は、あまりにも長かった。

　ヒトの常識がおおきく変化するほどに。

　かつてこの島で栄えていた者たちが、今や森や山脈の奥深くでしか存在しなくなり、ヒトこそが島の覇者となるほどに。そして、その歴史を知る者がいなくなり、伝承が「むかし、むかし」から始まる物語と区別がつかなくなってしまうほどに。

そこに至る諸々を記録していたはずの王家のなかですら、始祖と円卓の騎士に関する過ぎたる無数の虚飾によって、それらの実在が疑わしく思えてしまうほどに。

かくも遠い時を越えて来た旅人たちは、はたしてこの時代をどう思ったのであろう。己の誓いと現実との狭間で、ふたつ目の生をどう生きるべきだと考えたのだろう。

結果的に、彼らは戦を起こした。島をふたつに割り、おびただしい血を流す道を選んだのである。彼らは自分たちこそが、ヒトによりよい未来を与えられると信じていた。

「戦場の西側で」

ティグルはそんな始祖に対して、言葉を返す。

「五頭の地竜(スロー)を斃(たお)したのは俺じゃない。四百人の勇敢な騎士たちだ。彼らは地竜の鱗から削りだした槍を手に、地竜に突撃を繰り返し、これを残らず仕留めてみせた」

アルトリウスが瞠目する。ティグルは続けた。

「この東側とて、俺が来るまであなたを抑え込んでいたのは、ハロルドをはじめとする勇敢な騎士たちだった。武器さえあれば、あなたと戦うことができる。ひとりでは無理でも、複数で連係すれば渡り合うことができる。それを証明してみせた。アルトリウス、彼らとの戦いは、どうだった」

「よい騎士たちであった。よい戦いであった」

「彼らに未来を託して欲しい」

「是非もなし」

ふたりの会話を聞いていたのはギネヴィアたちだけではなく、敵味方の大勢の騎士たちも同様であった。彼らは物音ひとつ立てずにふたりの言葉に聞き入っていた。

アルトリウスの認識について理解の浅い騎士たちであっても、彼が望む未来について、希望について語ったことだけは理解できた。

なにより、それを託されたのがほかならぬ自分たちであることを。

アルトリウスは振り返った。

「ギネヴィア」

かつての妻と同じ名を持つ女に告げる。

「おまえは、新たなるヒトの国の始祖と名乗るがよい」

ティグルに背を向けていたから、そのときのアルトリウスがどんな表情をしていたのかはわからない。ギネヴィアはかたい表情を崩さなかった。

彼は彼女の家族の仇だ。親友の仇だ。この戦役では、あまりにも多く血が流れた。その元凶の言葉に対して、なんと反応すればいいのかわからないのかもしれなかった。

それでも今のギネヴィアは女王の資格を持つ者であった。

「よろしい」

彼女は、胸を張って、うなずいてみせたのである。

「これより、我こそは新生アスヴァールの女王、始祖ギネヴィアである」

と。

†

急に空が暗くなった。

天上を厚く覆っていた鈍色の雲が、一瞬にしてどす黒い雲に変化したのである。

地上は暗闇に包まれた。

馬が慌てふためき、騎士たちが懸命にこれを御そうとする。徒歩の兵士たちが、暴れ馬に撥ね飛ばされては敵わないと距離をとる。ティグルもアルトリウスも頭上をみあげた。黒い雲の向こう側にいるであろうなにかを凝視しようとする。

「来ますか、アルトリウス」

「来る。わしがギネヴィアに王位を授けたこと、ヒトの世を委ねたこと、さぞ気に入らぬのであろうな。手は考えてあるか」

「もちろん」

互いに交わした言葉は、それだけで充分だった。

相手の目的がなんにせよ、ティグルたちの目的にとってはこれも好都合といえた。悪しき精霊マーリンに、これ以上、この島を、このヒトの世を乱されるわけにはいかない。奴は必ずや滅ぼさねばならぬ。

ティグルは黒弓に新たな矢をつがえる。アルトリウスは軽く左手を振った。離れた地面に刺さっていた小剣がひとりでに宙を舞い、彼の掌に収まる。

兵の集まるど真ん中に落雷が生じた。一帯の兵士たちの身体が燃え上がり、断末魔の叫びがあがる。周囲の兵士たちが悲鳴をあげて逃げ惑う。

焼け焦げた地面に、十一か二歳にみえる、小柄な少年のような存在がそこにいた。鮮やかな緑の髪を持つモノだ。

憤怒の表情で、この世のものとは思えない藍色の瞳がまっすぐアルトリウスを射貫く。

「まだ力は残っていよう。その身が朽ち果てるまで戦え。王の血を引く者たちを屠れ。僕との契約、忘れたわけではあるまい」

「断る。戦いはもう終わった」

「何故、僕に逆らう。どうして僕に逆らえる」

「さて、あなたとの契約の一部は我が右腕に残したが故、残りの半身だけではいささか、枷が足りぬということではないか」

平然と、アルトリウスはうそぶいてみせた。

ギネヴィアが、あっ、と声をあげる。始祖の墓を暴き、そこに遺された右腕を手に入れたのはほかならぬ彼女であった。ティグルもずっと、疑問だったのだ。なぜ彼だけが完全なかたちで蘇らなかったのか。おそらくは故意に、右腕一本を墓に残した理由はなにか。

今こそ、それが明らかになった。

「最初から、そのつもりだったのだ」

アルトリウスは淡々と告げる。

「悪しき精霊マーリンよ、あなたは、この先のアスヴァールにとって不要。わしが勝つにしても負けるにしても、あなたを排除することこそ、この国の未来に繋がるというもの。わしは負けた。ならばあとは、この国の未来をつくるために最後の仕事を果たそう」

「ふざけたことを！」

眩い光と共に、雷鳴が轟いた。少年の姿をしたモノから稲妻が迸り、アルトリウスを襲う。

その稲妻は、青白く輝く結界に防がれた。リムとギネヴィアがアルトリウスのそばに立ち、花の乙女の杖と双紋剣（カルンウエナン）による二重の結界を展開して彼を守ったのだ。

「ずる賢く醜い人間風情が」

「そのずる賢さこそ、ヒトの強さです」

マーリンの悪態にリムが反論する。双紋剣を構え、まっすぐに小柄なヒトの姿をしたモノを睨む。

「なにが精霊誓約か。なにが蘇りの力か。あなたは強大な力を持ち、それを思うがままに振るう。いかにもそれは、生来の力を持て余す赤子がごとき所業というものです。ですが赤子の癇癪でこれ以上ヒトの世を荒らされてはたまらない。ただの平凡なひとりのヒトとして、あなたに告げます。去りなさい。はるか昔はいざ知らず、今のこの大地は、けっしてあなたひとりのものではないのです！」

「ヒトめ」

悪しき精霊マーリンは舌打ちした。

「この大地に寄生する汚らわしいモノどもめ。もはや容赦ならん。逆らうもの、ことごとくをこの裁きの雷で焼き尽くしてくれよう」

次の瞬間、地上から頭上へ、稲妻が走る。稲光は屈折しながら黒い雲に吸い込まれた。光がなくなったとき、少年の姿は地上から消滅していた。

「消えた？」

「あれはただの擬態、概念を我らに合わせたにすぎぬ」

アルトリウスは頭上の黒雲を睨む。その先に仇敵（きゅうてき）がいると確信しているようだった。

ギネヴィアが、己を奮い立たせるように身震いする。

「ギネヴィアが告げる！　勇敢な両軍の騎士たちにギネヴィアが告げる！」

花の乙女の杖を高く掲げて声の限りに叫んだ。杖は暗闇で青白く輝き、彼女を神々しく照らし出している。

「この場より疾く去れ！　これより我らは敵の首魁を討つ。悪しき精霊との戦いは、我ら選ばれし者のみが立ち入れる領域である」

その命令に、皆が戸惑い、先ほどまで刃を交わしていた騎士同士が顔を見合わせる光景すらみられた。

だがギネヴィアは重ねて「ギネヴィアが告げる！　今は、急ぎこの地より離れるのだ。最低でも五百アルシン、できれば倍以上の距離をとれ！　負傷者に手を貸せ。両軍で肩を貸し合え。躊躇は、我らの戦いの邪魔をするものと心得よ」と告げると、彼女にもっとも近い親衛隊の者たちから騎士の礼をして、馬首を返す。

「下がるぞ！　本陣に伝えろ！　おまえとおまえは伝令として敵陣に赴き、ダヴィド公爵に今の命令を伝えろ！」

起きあがったハロルドが背中の傷をものともせず部下たちに次々と命じていく。これもまた手筈の通りだった。もし戦場に精霊が降臨したとき、どう対処すればよいのか。用意が無駄になれば、それでいい。だが万一のことがあったとき、その準備があるとないとでは初動がおおきく変わる。

化け物である影法師との戦いの経験があってこその、ハロルドたちの飲み込みの早さであっ

た。特にハロルドは、第二軍が海から現れた影法師の軍勢に襲われた際、その対処を誤り深手を追っている。最初の対応こそが決め手となるということを、骨身に染みて理解しているようであった。

ハロルド自身は倒れたままのサーシャに駆け寄ると、彼女に肩を貸す。リムが小声で「丁重な扱いを」と彼に囁いた。

「無論だ。ブリダイン家は勇者を貴ぶ」

ハロルドはサーシャを鞍に乗せると、馬の尻を叩いた。馬が北に駆けだす。自分も適当な馬を捕まえてその後を追った。これで彼女はだいじょうぶだろう。

「ティグルヴルムド卿」

リムが双頭剣を手に、そばに寄ってくる。そのすぐ横にはヴァレンティナの姿もあった。彼女の両手には、弾き飛ばされたはずの大鎌エザンディスがいつの間にか収まっている。

「ヴァレンティナ殿、お手伝い願えますか。俺にはもう、善き精霊の加護がない」

「もちろんですわ」

善き精霊モルガンは、ここまで見通していたのだろうか。考えても仕方のないことではあったが、それでもティグルは緑の髪の乙女の遠く遠くを見通す力の底知れなさに驚くばかりであった。今となっては、彼女と直接的な繋がりを感じることはできない。

それでも彼女の長い髪は、未だティグルの身体のどこかに巻きついているような気がしてならなかった。

だとすれば、心強いことだ。今こそ彼女の助力が必要なときなのだから。

「娘」

アルトリウスがリムに振り返る。

「その剣でわしを刺せ」

リムは戸惑うように自分の神器とアルトリウスを交互にみる。彼がなにを望んでいるのかは理解しているのだろう。高原地方において、双紋剣＝双頭剣の一撃を受けることでサーシャはわずかながら悪しき精霊マーリンの支配から逃れることが可能となった。

彼女の持つ神器には精霊誓約を無効にする力があるということだ。そして双紋剣の本来の持ち主は、目の前のアルトリウスである。

「我が身は間もなく消える」

アルトリウスは全身から赤い燐光を放っている。これまでの蘇った死者たちの最期と同じであった。彼らはこのあと暴走するか、ボールスのように強い意志の力でそれを抑止するかであったが、目の前の人物はそのどちらでもないようだった。

「蘇るに際し、片腕を切り落とすことである程度の自由を得た。今みたように、悪しき精霊もわしのすべてを操ることはできなかった」

だが、とアルトリウスは首を横に振る。

「それでも、すべての精霊誓約を破ることはできなかった。最後の瞬間にやつの裏をかくためにも、それまでの恭順は不可欠であった」

ギネヴィアがなんともいえない表情でアルトリウスをみつめている。アルトリウスも、そんな彼女の視線に気づいたのだろう。

「許せとは言わぬ。今ばかりは、わしと肩を並べ共に戦え」

ギネヴィアとアルトリウス、ふたりの王の視線が交わる。ギネヴィアには強い葛藤があるのだろう。無理もない。それでも彼女は、最後にはゆっくりとうなずき「よろしい、あなたを信じます」と告げる。

「あの子なら、こう言うでしょう。『あなたには騙す理由がない』と」

未だ兵たちの目印として花の乙女の杖を掲げたまま、彼女は呟く。

「無論、私ごときの浅知恵では理由がみつからぬだけかもしれませんが」

「王たるもの、己を卑下してはならぬ」

「あなたと並べば、誰だって己のなかの侏儒と闘わなければならないのです」

アルトリウスは笑った。

「わしとて、己のなかに侏儒を抱えていた。そんなわしを支えてくれる者たちがいた。もっと胸を張れと言う者たちのおかげで、わしは王となることができたのだ」

「円卓の騎士……」

「王は、集う騎士たちに対して胸を張れる己であれ」

ギネヴィアはティグルを、ヴァレンティナを、リムをみた。丘の上をみあげる。ブリダイン公の姿がそこにあった。公爵は部下全員を逃がしたあと、臣下の礼をして彼女に背を向けた。

ほかの騎士たちは、その大半が遠くに離れたあとであった。それでも何人かが、ギネヴィアのもとから距離をとりながら、ちらりちらりとこちらを振り向いている。

「わかりました。この武器を、あなたにお返しします」

リムは決意と共にアルトリウスのもとへ一歩、踏み出す。アルトリウスは腰の鞘に己の赤黒い武器を収めると彼女から双頭剣を受けとり、これっぽっちもためらわず青い刃を胸もとに突き刺した。

低い呻き声をあげ、わずかに顔をしかめたあと、刃を抜き安堵の息を吐く。

「これで、わしが奴に操られる恐れは完全に消えた」

アルトリウスは双頭剣をリムに返した。

「よろしいのですか。私などより、あなたの方がこれを有効に使えるのでは」

「そんなことはない。おまえは、この武器を手にここまで戦い抜いた。これはもう、おまえのものだ」

リムは、なにか感じ入るものがあったのだろう。受けとった双頭剣をかたく握る。

現在、この場にいるのは、ギネヴィアたち四人とアルトリウスの、たったの五人である。加えてアルトリウスのそばで行儀よく座る飛竜が一頭。

アルトリウスは飛竜の顎を撫でると、その背にまたがった。アルトリウスを乗せて飛竜が宙に舞い上がる。

「時間だ」

頭上からアルトリウスの声が降ってくる。

一行の頭上の雲が割れた。


黒い雲の切れ間から、耳が壊れるような破壊音と共に雷が落ちた。雷撃は一行のそばの地面を焼き、その余波の稲光が地上の者たちを襲う。ギネヴィアとリムの結界がティグルとヴァレンティナを守った。上空のアルトリウスの様子はわからないが、飛竜が撃墜されていないということは無事なのだろう。

「これが精霊の本来の力」

「今の一撃だけでも、軍勢を避難させて正解でした」

呆然とするヴァレンティナにギネヴィアが言う。その唇が、花の乙女の杖を握る手が、小刻みに震えていた。いくらか戦場を経験したとはいえ、これほどの音の暴力には人を畏縮させるおおきな力がある。モードレッドのときにケットも言っていたが、精霊の力とはまさに天災そのものであった。

その天災すらも防ぐのが、一部の神器だ。

花の乙女の杖と同様、双紋剣＝双頭剣の赤い刃にも結界を張る力がある。湖の精霊は善き精霊モルガンと同じような立場にいる存在のようだ。おそらくは、悪しき精霊マーリンと対立している。

ふたたび、耳を聾する音と共に落雷。これも結界が防ぐものの、リムが苦痛の呻きをあげ、足をもつれさせる。

ティグルは慌てて彼女を抱きとめた。

「申し訳ありません、ティグルヴルムド卿。手に痺れが」

完全に雷撃を防ぎきれず、その余波が神器の持ち手に伝わってしまったようである。ギネヴィアの方はなんとか堪えていた。結界にも性能の差があるということは、これまでの検証で判明していた。花の乙女の杖の方がより防衛に特化した神器であるということだ。

もっとも、守っているだけでは戦に勝てない。

「私は問題ありません。ティグルヴルムド卿、敵を倒してください」

「わかった、無理はするな、リム」

ティグルが手を放すと、リムは地面に片膝をついた。

さて敵を倒せといわれても、敵が分厚い黒雲の向こう側にいるとおぼしき以上、攻めるにしても方法は限られてくるのだが……。

「ヴァレンティナ殿」

ティグルはヴァレンティナとうなずきあうと、黒弓に矢をつがえ、雲の隙間に狙いを定めた。

遠く遠く、天でも地でもないどこかから、女の声が聞こえてきた。この世のものとはとうてい思えぬ、みっつの音が重なった不思議な響きの音であった。

隣に立つヴァレンティナの大鎌が輝いている。その光に呼応するように、黒弓が唸り声のような音をあげていた。

弓弦をいっぱいまで引き絞る。

上空をおおきく旋回する飛竜の姿があった。飛竜にまたがるアルトリウスと、ほんの一瞬、視線が交わった。それで充分、言葉に出さずとも、相手の意図がわかる。

アルトリウスが敵の隙を窺っているのだ。ならばティグルたちの役目は、その隙をつくることであろう。

リムがよろめきながら立ち上がり、双紋剣を双頭剣として青い刃を上に向ける。

「微力ながら、私もそちらに合わせます」

彼女にもティグルとアルトリウスがやろうとしていることが伝わっているようだった。ギネヴィアは両手でしっかりと花の乙女の杖を構えている。この場の全員が、今、己の成すべきことを理解している。強い一体感があった。

「不遜(ふそん)！」

天上から、かん高い男の声が雷のように轟く。

「不遜である！」

背筋が凍った。遠くから男たちの悲鳴が聞こえてきた。戦場を離れた屈強の騎士たち、兵士たちすらも震えあがるような、ヒトならざるモノによる、魂すらも震えあがらせる声であった。

これから己が挑もうとしている相手のあまりの強大さに、気が遠くなる。弓弦を引き絞る腕から力が抜けていく。ティグルは天に向けた弓を下ろそうとして……。

「このようなまやかしに屈する我らではありますまい！」

ギネヴィアが叫ぶ。ティグルは、はっと我に返った。そうだ、このような声ひとつに、どれほど惑わされるというのか。腹に力をこめて怯えを振り払う。ヴァレンティナが、リムが、おおきく息を吐き出していた。

「感謝します、ギネヴィア殿下」

ヴァレンティナが安堵した様子でギネヴィアをみる。対してギネヴィアは、引きつった顔でうなずいてみせた。

「恐怖に囚われたのは、私もです。ですが、脳裏に友の声が響いたような気がしたのです。このような脅しに屈するのか、と怒られたような気がしました。屈するなら、せめて圧倒的な力にねじ伏せられよと。ただの脅しに屈するなど二流の証しであると」

いかにも彼女らしい、それはまさに親友であるギネヴィアだからこそ聞けた幻聴であろう。

「実際に、彼女が声をかけてくれたのでは？」

「いいえ、リムアリーシャ殿。本当にあの子がそばにいたら、もう少し気の利いたことを言うでしょう」

ギネヴィアは首を横に振って笑う。

「ですが、きっと。あの子もこの戦いをどこかでみているはず。ティグルヴルムド卿、我らヒトの力を、我らの可能性を、遠いどこかで見守る者たちにみせつけてさしあげましょう」

「はい、殿下」

ティグルはふたたび弓弦を限界まで引き絞る。

「頭を垂れよ！」

かん高い声が轟くと共に、三度目の落雷があった。

ギネヴィアはこれも頭上に結界を展開し防ぎきる。花の乙女の杖から鈍い音が響いた。ちらりとみれば、小杖（ワンド）の柄にヒビが入っている。いくら守りに特化した神器とはいえ、精霊の力をなんども防ぐのは厳しかったのだ。

「ヒトよ、なぜ抗（あらが）う！　ヒトよ、なぜかくも大地に暴虐を振るう！　汝らの傲慢が己を滅ぼすと知るがよい！」

「違います！」

リムが叫んだ。反射的に声が出てしまったようだ。

「私たちは、ただ生きたいだけなのです！」

そのときだった。彼女の握る双頭剣が目がくらむほどの輝きを放つ。ほぼ同時に、ギネヴィアの持つ花の乙女の杖もひときわ強く輝き始めた。

「リムアリーシャ殿、杖が私に語りかけてきているような気がします」

「私もです、殿下」

リムがギネヴィアの手を握る。双頭剣の刃が白銀の光に包まれた。

「ティグルヴルムド卿」

ティグルはリムの声にうなずいてみせた。

一撃で決めねばならぬ。ティグルはどこの誰とも知れぬ誰か、この黒弓に力を与えてくれる存在に祈った。

どうか、この一撃に天を貫く力を。

どうか、我らに生き残るための力を。

射る。矢は眩い黄金色の輝きを伴って、天に舞い上がった。同時にリムが白銀に輝く双頭剣を投擲する。ティグルの放った黄金色に輝く矢とリムの放った白銀に輝く剣は、互いが互いの周囲を踊るように二重螺旋の光輝を描き、黒い雲の隙間を貫く。

一拍置いて、上空で巨大な爆発が起こった。

直後、アルトリウスの駆る飛竜が雲の隙間から上空に突入した。

かん高い絶叫が響き渡る。

ギネヴィアの手のなかで、花の乙女の杖が粉々に砕けた。

†

アルトリウスは飛竜の背で強い満足感を覚えていた。

復讐は済んだ。共に戦った仲間たちは無念を晴らした。次の世界をつくる者たちの萌芽もみつけた。もはや自分たちの時代ではない。この先のアスヴァールに、忌まわしき精霊の血など必要がないのだ。ならばここで消え失せることになんのためらいがあるだろう。

三百年は、この島も国そのものも、なにもかもが変化するには充分すぎる時間であったのだ。この国をつくったのはアルトリウスでも、国を育てあげたのは歴代の王家とそれに仕える者たちであった。

それを破壊しようと試みたのが悪しき精霊マーリンである。彼にとっては三百年前よりもさらにずっと以前、まだヒトがヒトだけで満足に生きることもできなかった当時の島の状態こそが理想であり、そこへ回帰することが最善であると信じていた。

ヒトから力を奪う。そのために王室の血を、なかでも精霊の力を発現すると思われる者を重点的に排除するようアルトリウスに精霊誓約をかけた。

結果的には、それによってリネットがアルトリウスの手にかかり、彼女の死が直接の原因となってギネヴィアの覚醒をもたらした。強い王を得て、この国はもっと強い国になるだろう。ヒトはもっと活動領域を広げるだろう。

もとより、それは不可逆の変化であった。悪しき精霊のくわだては、最初から、無茶なものごとを無理矢理に成し遂げようとする不可能な試みに過ぎなかった。

善き精霊や湖の精霊は、きっとそのことをよく理解していた。彼女たちは誰よりもヒトに寄り添っていたからこそ、ヒトの変化に敏感で、それがもたらすものについてもよく理解していたのである。彼女たちはヒトの進歩を見守り、時に助けていた。三百年前も、そして今もまた、である。

たとえそれによって、己の活動領域を大幅に減衰させることになったとしても。

無限の愛であった。

ヒトには理解不能なほど深い愛は、ついにヒトを神秘なるものたちよりも強者として世界に飛び立たせるまでに至ったのである。

悪しき精霊は、今、アルトリウスが飛び込もうとしている天災のごとき事象は、それをどこまで理解しているのだろうか。あるいは理解していてなお、なりゆきを拒絶しているが故の暴挙なのであろうか。

いずれにしても、ヒトの流れがもはや押し止めることのできぬものである以上、それを妨げようと立ちはだかる脅威は排除せねばならぬ。たとえ自分が勝ったにせよ、負けたにせよ。

アルトリウスが蘇るときに片腕を置いてきた理由は、そのようなわけであった。

なんども悪しき精霊が己に干渉してきている感触がある。相手の戸惑いまで感じられるようであった。なぜアルトリウスに命令できないのか。絶対のはずの精霊誓約がどうして無効化されてしまうのか。

ここで悪しき精霊が人々の前に姿を現したのも、アルトリウスを傀儡とできる確信があったからであろう。最悪の場合でも、アルトリウスを自爆させることによって敵であるギネヴィアたちにおおきな被害を出すことができる。そのうえで、生き残った者をゆっくりと始末すれば終わり。そういう算段であったはずだ。

その計算は狂った。アルトリウスは悪しき精霊の敵にまわり、ティグルヴルムド卿は決闘に際しても切り札を温存していた。あれはおそらく精霊よりさらに上位の存在、真に神といえるモノが干渉した一撃だ。いかな悪しき精霊とはいえ、無傷ではいられまい。

そのうえで、今、こうしてアルトリウスがいる。

揺れる飛竜の背に二本の足で立ち、腰から赤黒い双剣の片割れを抜くと前方にかざす。

アルトリウスに命じられるまま、飛竜は雲の割れ目に突入する。

暴風となり無数の雷が発生しては消える雲海の果てに、まだかろうじてヒトの姿を保った存在をみつけた。それは緑の長い髪を振り乱し、己に向かって突撃してくるアルトリウスを睨みつけた。

アルトリウスは飛竜の背を蹴り、宙を舞う。赤黒い小剣を構え、己の身体ごとぶつかっていく。肉の塊を突き刺す鈍い感触があった。

次の瞬間、激しい衝撃を覚える。相手が放った雷が己の身に直撃したのだ。

それしきでひるむと思ったのか。

アルトリウスは呵々と笑うと、剣を握る手にいっそう力を込めた。すべての力を解き放つ。

赤黒い小剣の刀身が、砕ける。

同時に、己がほどけていく感覚がある。

絶叫した。

最後の記憶は、目の前の相手が悲鳴をあげる、耳をつんざくような声であった。

エピローグ

少女は、すっかり緑色に染まった髪をかきあげた。以前の金色の髪も好きだったが、この緑の髪も悪くないと思った。どちらにせよ、なるようにしかならない。

昔にこだわって今と未来をみることができない愚者になりたくなかった。変化は恐怖を伴うが、その恐怖を振り払うことができなければ、待ち受けるのは永遠の停滞と無限の消耗のみである。

昨日と同じ今日。

今日と同じ明日。

そこにはなんの希望もない。それがこれまでの彼女の、ヒトに対する理解であった。

新たな生を受けて、今や彼女は、その理解を生命すべてに対して広げていた。いかなるものも停滞してはならない。彼女のなかのなにかが、そう叫んでいた。

結局のところ、己はそういうありようでしか生きられないのだ。この身になって、改めてそう、己自身に対する理解を深めている。

故に前を向く。

山脈の奥深くを流れる川の河原で、遠くの空を眺める。

冷たい風が吹き抜けた。

にもかかわらず一糸まとわぬその身がちっとも寒さを覚えないことに、少女は小首をかしげる。

隣に女が立った。背丈より長い緑の髪を引きずっている、こちらも裸の女だ。

「寒くないのですか」

「あなたが寒さを覚えないように」

「だから我々は服を着ていないのですね」

女は少女をまっすぐにみつめた。どこか焦点が合っていない、緑の瞳だった。少女は思う。今の自分の瞳はどうなっているのだろう。

「服はヒトがヒトたる証、己の心を隠す鎧のひとつ。でもあなたが聞きたいのは、そんなことではないのではありませんか」

「自分を偽るのが得意なんです。ええ、でも、理解しているつもりです。もうすべてが終わって、私は本来の私になるべきだということですね」

「あなたが望むなら、今しばし、この地に留まることも可能でしょう」

「いいえ、いいえ、いいえ」

少女は迷いを振り切るように首を横に振った。

「もう、いいのです」

川に背を向け、歩き出す。

前方に霧がみえた。ひとたび霧の向こう側に赴(おもむ)けば、もう二度と戻ることができないだろう。それでも少女は、もうためらわなかった。

必要なだけの勇気は貰った。

すでに道は分かたれたのだ。ヒトは己の行く先を選びとった。ならばこんどは自分たちの番であった。

「多くの同胞が、この先へ旅立ちました。ですが、それは我々にとっても絶対に必要なことではないのですよ」

長い髪の女は告げる。

「いいえ、必要なことです。今はまだこの地に足を踏み入れることができないヒトですが、三百年後は違うでしょう。あるいはそれは、百年後かもしれません。ひょっとしたら、たったの五十年後の可能性もあります。ヒトは一度進み始めたら、もう止まることはないでしょう。その歩みは次第に加速するでしょう。歴史とはそういうものです」

「変わることを恐れない、いびつなものたち」

「ええ、だからこそヒトはこの島の秘境を、その隅々まで征服するでしょう。最後の障害がとり除かれた今、あと必要なのは時間だけなのです。ならば、私がこの地に残るのはただの未練にすぎない」

「未練、ですか」

「はい。私は、ヒトの発展を阻害する要因となることを好みません」

そこまで語って、ふと少女はなにかを耳にしたような気がして歩みを止めた。振り返る。川の向こう側のずっと先で、誰かが彼女を呼んだような気配があったのだ。

「さようなら、ギネヴィア。私の最高の友達」

「今なら、まだ」

「いいえ」

少女はふたたび前を向く。

そしてもう、二度と振り返らなかった。

†

その日、コルチェスターでは祭りが開かれていた。

新しい女王を祝う祭りだ。新しいアスヴァールが生まれる祭りだ。新しい時代が始まることを皆が祝福していた。

春から夏にかけての分断によって、無数の不幸が生まれた。財を失い、家を失い、家族を失った者たちには新しい希望が必要だったのである。ここが不幸の底であり、これから先はきっとよくなる。人々にそう信じさせる必要があった。

よって即位したギネヴィアは、その場で矢継ぎ早に新しい政策を語った。貴族たちに財貨を放出させ春までの食糧を確保することもそのひとつで、生活の糧を戦火に焼かれ明日の食事すらままならぬ人々を安堵させた。

女王にとっては思いもよらぬ方向からの援護もあり、この政策は前途洋々であるとみられている。

ちょうど演説の数日前、ジスタートに向けて出撃していた遠征隊が、船に黄金と糧秣を山積みにして帰還したのであった。

指揮官によると、彼らに命令を下していた弓の王を名乗る人物が「これまでの給金だ」と黄金の山をどこからともなく調達してきたとのことであった。その人物の命令で、遠征隊は王が斃(たお)れ混乱するジスタートを離れ、アスヴァールへの帰途についた。

弓の王を名乗る者の、その後の行方はようとして知れない。この人物の動向については偽アルトリウス派の重鎮であったダヴィド公爵にも知らされておらず、その目的も未だ不明のままであった。

ただ、ジスタートに艦隊を進めたことについては、アルトリウスを名乗る者が一度だけ「あれは予備だ。すべてが上手くいけば必要がないものであるが、最悪を考え用意した」と語っていたことを思い出している。

彼にとって最悪とはなんだったのか。ギネヴィア派に敗れることは最悪のひとつではなかったのか。多くの謎が残された。

ギネヴィアは演説のなかで「アスヴァールを救った新しい英雄たちに深い感謝を捧げる」と語った。

だが、その英雄たちのうち、もっとも華々しい戦果をあげたふたりは、その場に姿をみせなかった。

それでも吟遊詩人たちは、弓の英雄ティグルヴルムド卿と双剣の英雄リムアリーシャの詩を歌いあげた。

彼らには円卓の騎士に準ずる称号、聖泉の騎士を名乗る栄誉が与えられたものの、それは国外に去っていった彼らにどれほどの恩恵があるものであろうか。

人は語る。彼らがアスヴァールに留まらなかったのは、この内戦に参加した理由が精霊との約束を果たしたからにすぎない故であると。

目的を果たした彼らが精霊の導きに従い次の戦いに旅立った。円卓の騎士ランスロットの物語は、旅立ちで終わる。アスヴァールの人々にとって、それは受け入れやすい物語の定型のひとつであった。

人は語る。彼らはギネヴィアに密命を与えられ、残る国外の邪悪を狩るための長い旅に出たのであると。

影法師の災禍（さいか）は人々の記憶に新しい。あれと同じような災厄がまだこの世界に存在するかもしれない、その災禍を振り払うために英雄が旅立つという物語もまた、アスヴァールの人々にとって受容しやすいものであった。

人は語る。彼らは新たな権力争いの火種にならぬよう、自ら身を引いたのであると。

始祖を名乗る簒奪者（さんだつしゃ）との争いも、権力闘争のひとつに過ぎなかったのだと矮小化する見方は、戦禍から遠く離れた地の人々にとって受け入れやすいものであった。

さまざまな噂話が駆け巡ったが、彼らが旅立った本当の原因を察する者は少なかった。

ギネヴィアも側近たちも、ただひたすらに彼らの献身に感謝の言葉を捧げ、それ以上のことを語らなかったからである。

民衆がそれを察するための情報を、意図的に流さなかったということでもあった。

彼らは遠い地から来た稀人（まれびと）であり、愛する故郷に残したものがあったのだ、と。

それは彼ら自身の望みでもあった。

†

ティグルとリムを乗せた船が、アスヴァール島から離れていく。

見送りはなかった。

必要ないと断り、フードで顔を隠してコルチェスターの港からブリューヌへ赴く商船に乗ったのである。戦乱は収まった。もはやこの地に英雄は必要なかった。

港から離れたところでフードを外す。強い潮風が頬を叩く。

ふたりの正体を知る船長が、気を利かせて見張り台に登らせてくれた。

ティグルとリムは寄り添って、船でも一等高いそこから、遠ざかるアスヴァール島をじっと眺める。

たくさんの思い出があった。

引き留める声は無数にあった。

それでも、一刻も早い帰国こそがふたりの望みであった。

ブリューヌの港から陸路でアルサスに赴きそこから山を越えてジスタートに入るか、それとも船を乗り換えて直接、ジスタートに向かうか。それは現地の情勢次第である。

「残っていれば、少なくとも侯爵でしたよ。ティグル、本当に後悔しませんか」

「俺にはアルサスがある。充分だ。それにリム、君こそアスヴァールに残れば爵位を得られただろう」

「雲に投げた双紋剣(カルンウェナン)は、戻ってきませんでした。どこかへ消えてしまいました。今の私はただのリムアリーシャです。あの国に私の居場所はありませんよ。私の帰る場所はライトメリッツです」

「なら、なおさらだ」

ティグルはかたわらの女に視線を移す。青い瞳と視線が交わった。

「君と共にいたいんだ、リム」

「エレンになんと伝えましょう」

「ありのままに話そう」

どのみち、語ることはたくさんあった。

それはあまりにも長い、半年以上に渡る旅だったのだ。

「ひょっとしたら、先に帰ったヴァレンティナが、あることないこと伝えているかもしれない」

「エレンは彼女の言葉なんてこれっぽっちも信じませんよ」

それはたいした信頼だな、とティグルは笑った。

とはいえ、ヴァレンティナが素直にすべてを伝えていたとしても、それはとうてい信じられぬ冒険譚であるのだが……。

「長い船旅です。ゆっくり考えましょう」

リムの言葉にティグルはうなずいた。そうだ、時間はたっぷりある。ライトメリッツには、

冬になる前に戻ればいい。

そのころにはきっと、語るべきこともまとまっているだろう。

†

少しだけ、後のアスヴァールの話をしよう。

女王ギネヴィアが後世に遺した業績のひとつとして、コルチェスター王立大図書館の設立がある。許可を得た者限定ではあるが、王家が貯め込んだ文献の一部を貴族のみならず豊かな商家の子女にまで開放したのであった。

その目玉は、円卓の騎士の伝説とその変遷を詳細に集めた一角である。

女王ギネヴィアが王女であったころ自らアスヴァールの各地をまわった研究の成果が、数冊の本にまとめられていた。そこには円卓の騎士に関する新しい解釈がいくつもみられ、後世の研究の礎となった。

すべての本の巻末に、早逝した親友への感謝の言葉が記されている。彼女がいなければ女王としての自分はなかった、と。

王立大図書館自体も、後にコルチェスターが学問の都と呼ばれるようになる基礎を築いたとしてその先見の明が讃（たた）えられている。

王立大図書館開設時の女王の演説を借りれば、「ヒトがヒトたりえるためには、知識と知恵の追及が不可欠なのです。アスヴァールの建国から三百年かけて、我らは変化しました。畑には作物が豊かに実り、牛や羊の数は何倍にも増えました。次の三百年に向けて、我々は更なる変化を遂げねばなりません、これはその長い長い道のりの、最初の一歩なのです」とのことである。

その言葉の通り、アスヴァールが躍進するには今しばらくの歳月が必要となる。

あとがき

いつも応援ありがとうございます、著者の瀬尾（せお）つかさです。

前巻ラストの大事件からどのような結末を迎えるか、本作を始めるにあたって最初に決めてあった着地点に無事にたどり着くことができました。

読者の皆様、そしてイラストの八坂（やさか）ミナトさん、原作の川口士（かわぐちつかさ）さん含め、皆さんの応援とご協力あって無事に完走できました、ありがとうございます。

本作では円卓の騎士たちとの決着、そして邪（よこしま）な精霊との戦いが終わりを迎え、この世界のアスヴァールは新たな歴史へと第一歩を踏み出しましたが、読者の皆様に楽しんでいただけたならとても嬉しいです。

ところで、物語が終わったのに決着のついていないことがあるのではと気になっているかたもいらっしゃると思いますが、「魔弾の王対魔弾の王」は決着がつきませんでした。

三巻を書いている頃、初代魔弾の王の最後の戦場はこのアスヴァールではないのではと思うようになり、幸いにして本作の売れ行きも良いと、もう少しシリーズを書かせていただけることになり、第二部で「魔弾の王対魔弾の王」にテーマを絞った物語を始めることになりました。

　第二部では新たな地を舞台に新たな武器を手にしたリムとティグルが魔弾の王と再び相まみえるお話を二〇二一年の冬にスタートさせる予定です。おそらく、『魔弾の王と凍漣の雪姫（ミーチェリア）』のその時期の新刊と同時発売になると思います。

　リムの新たな武器の登場に合わせて題名も新しいものにして、初代魔弾の王とティグルの対決を描くほか、原作者の川口さんが現在執筆中の『魔弾の王と凍漣の雪姫』に登場した新たな国家群と敵の存在も絡んでくる予定です。いま、川口さんと設定のすり合わせをやっている最中なので、あまり詳細な説明はできないのですが。

　一方で、五巻では出番の少なかったサーシャやアスヴァールのその後についてはもう少しだけ書いてみたいことがあるので、第二部の前、今年の夏ごろに双紋剣の短編集を出す予定ですので、そちらも楽しみにしていただけると嬉しいです。

　新章については、この短編集の発売時にあらためて告知ができればと思います。

　聖泉（せいせん）の双紋剣（カルンウエナン）に最後までお付き合いくださった皆さん、あらためてありがとうございました。

　よろしければぜひ新章も読んでいただけると嬉しいです。

二〇二一年三月　瀬尾つかさ

ティグルとリュドミラの新たなる物語
待望のコミック版発売
presented by
kakao
魔弾の王と
凍漣の雪姫
序章
『魔弾の王と凍漣の雪姫―序章』
作画:kakao 原作:川口士
キャラクターデザイン:美弥月い
好評発売中

アスヴァールの地に蘇った伝説の
英雄たちと、かつての魔弾の王が
ティグルとリムの前に立ち塞がる！
presented by
bomi
『魔弾の王と聖泉の双紋剣』
コミック版、今夏連載開始

的良みらんが贈る、新たな凍漣の物語
「水曜日はまったりダッシュエックスコミック」にて好評連載中
『魔弾の王と凍漣の雪姫』
presented by
的良みらん

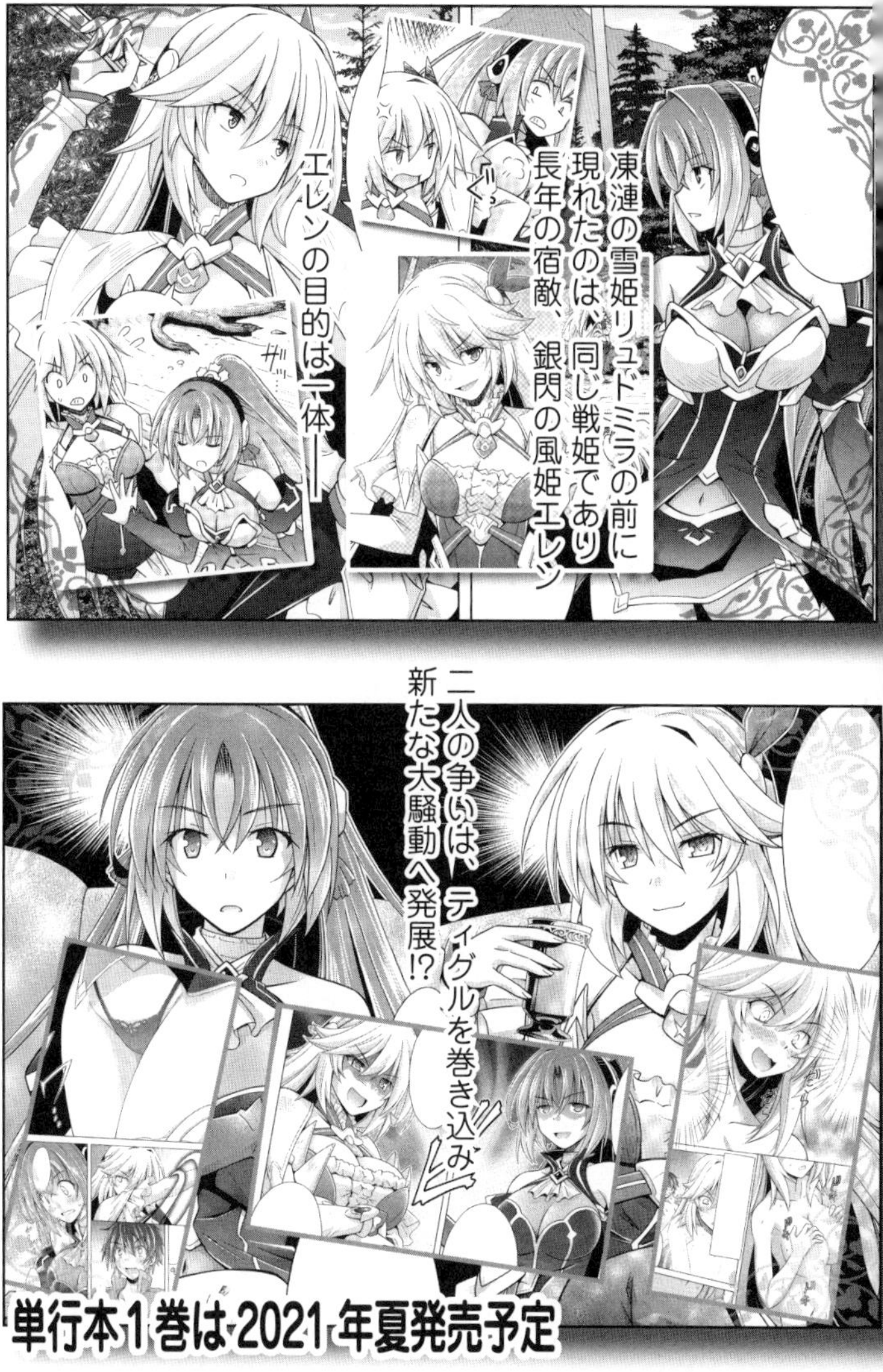

凍漣の雪姫リュドミラの前に
現れたのは、同じ戦姫であり
長年の宿敵、銀閃の風姫エレン

エレンの目的は一体――

二人の争いは、ティグルを巻き込み
新たな大騒動へ発展!?

単行本1巻は2021年夏発売予定

ダッシュエックス文庫

魔弾の王と聖泉の双紋剣（カルンウェナン）5

瀬尾つかさ　原案／川口 士

2021年4月28日　第1刷発行

★定価はカバーに表示してあります

発行者　北畠輝幸
発行所　株式会社　集英社
〒101−8050　東京都千代田区一ツ橋2−5−10
03(3230)6229(編集)
03(3230)6393(販売／書店専用) 03(3230)6080(読者係)
印刷所　図書印刷株式会社

ISBN978-4-08-631415-2 C0193

「私はただあなたが
いっしょにいてくれれば、それで」

魔弾の王と聖泉の双紋剣（カルンウェナン） 5 瀬尾つかさ 原案／川口士 イラスト／八坂ミナト

Lord Marksman and Carnwenhan

Presented by Tsukasa Seo / Based on story = Tsukasa Kawaguchi / Illust. = Minato Yasaka

ティグルとアルトリウス、互いの視線が交わる。
「わしは……いや俺は、
ただのアルトリウスとして
相対させていただく」

「ヴォルン伯爵家、ウルスの息子、
ティグルヴルムド＝ヴォルン」

「ありがとう、ギネヴィア。
あなたといっしょにいられて、
本当によかった」